에드거 앨런 포

검은고양이

THE BLACK CAT AND OTHER HORROR STORIES illustrated by Luis Scafati
ⓒ 2005 Albur producciones editoriales
Korean Translation Copyright ⓒ 2009 by MUNHAKDONGNE Publishing Co., Ltd
All rights reserved.

The Korean language edition is published by arrangement with
Albur producciones editoriales through MOMO Agency, Seoul.

이 책에서 사용한 Luis Scafati 일러스트의 한국어판 저작권은 모모 에이전시를 통해
Albur producciones editoriales사와 독점 계약한 (주)문학동네에 있습니다.
저작권법에 의해 한국 내에서 보호를 받는 저작물이므로
무단 전재 및 무단 복제를 금합니다.

이 도서의 국립중앙도서관 출판시도서목록(CIP)은
e-CIP 홈페이지(http://www.nl.go.kr/cip.php)에서 이용하실 수 있습니다.
(CIP제어번호: CIP2009001058)

에드거 앨런 포

검은 고양이

EDGAR ALLAN POE

THE BLACK CAT
AND OTHER HORROR STORIES

에드거 앨런 포 소설 | 루이스 스카파티 그림 | 강미경 옮김

문학동네

차례

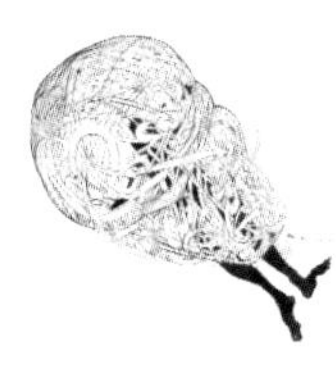

검은 고양이

THE BLACK CAT

지금부터 내가 써 내려가려는 이야기는 더없이 거칠면서도 아무런 꾸밈이 없기에 독자들이 믿어주기를 기대하지도 간청하지도 않는다. 나의 오감조차도 그럴 리가 없다고 부인하는 마당에 독자들이 믿어주기를 바란다면 그야말로 미친 짓일 것이다. 하지만 나는 미치지 않았고, 꿈을 꾸고 있는 것도 분명 아니다. 그러나 나는 내일 죽는다. 그리고 오늘 내 영혼의 짐을 내려놓으려 한다. 이 글을 쓰는 일차 목적은 세상 사람들에게 내 집에서 일어난 일련의 사건을 있는 그대로, 간결하게, 그 어떤 설명도 덧붙이지 않고 소개하는 데 있다. 그 사건들은 결국 나를 공포에 떨게 했고, 고문했고, 그리고 파멸시켰다. 하지만 그 사건들에 관해 미주알고주알 늘어놓을 생각은 추호도 없다. 나에게는 그 사건들이 그저 공포로만 다가왔지만 많은 사람에게 그 사건들은 무섭다기보다 괴기스럽게 비칠 것이다. 어쩌면 장차 나보다 더 침착하고, 더 논리적이고, 훨씬 더 냉정한 지성인이 나타나 나의 환상을 흔히 있는 일로 치부하면서 내가 지금 두려움에 떨며 묘사하는 이 상황 속에서 지극히 자연스럽고 평범한 인과관계의 연속성을 찾아낼지도 모른다.

어렸을 때부터 나는 온순하고 인정이 많다는 소리를 들었다. 마음이 너무 여려 또래들의 놀림감이 되기 일쑤였다. 나는 특히 동물을 좋아했고, 부모님은 내가 원하는 족족 아주 다양한 애완동물을 사주셨다. 나는 동물들과 대부분의 시간을 보냈고, 녀석들에게 먹이를 주고 쓰다듬어줄 때가 가장 행복했다. 이런 나의 특별한 성격은 자라면서 더욱 두드러졌고, 어른이 되어서는 그 속에서 내 기쁨의 원천을 찾았다. 충직하고 영리한 개에게 애정을 품어본 사람이라면 내가 굳이 시시콜콜하게 설명하지 않더라도 그와 같은 기쁨의 본질이나 강도를 짐작하고도 남을 것이다. 아무런 사심 없이 자신을 희생하는 동물의 사랑 속에는 인간의 하찮은 우정과 덧없는 신의를 시험하는 상황을 자주 접해온 사람의 마음에 직접 와 닿는 그 무언가가 있다.

나는 이른 나이에 결혼했고, 내 아내의 성격도 나와 크게 다르지 않아 행복했다. 내가 애완동물을 유달리 좋아하는 모습을 눈여겨본 아내는 가장 유순한 종류로 몇 마리 구해왔다. 우리는 새 몇 마리, 금붕어, 명견 한 마리, 토끼 여러 마리, 작은 원숭이 한 마리, 그리고 고양이 한 마리를 키웠다.

그 가운데 고양이는 눈에 띄게 덩치가 크고 아름다웠다. 온몸이 까맸으며, 놀라울 만큼 영리했다. 녀석의 영리함을 언급할 때면 내심으로 미신을 적잖이 믿는 아내는 옛날 사람들은 검은 고양이를 모두 마녀의 화신으로 여겼다는 얘기를 넌지시 내비치곤 했다. 그렇다고 아내가 여기에 대해 진지했다는 것은 아니고, 그저 스쳐지나는 생각을 말한 것뿐이다.

그 고양이의 이름은 플루토였다. 녀석은 우리 집에서 내가 가장 아끼는 애완동물이자 놀이 상대였다. 오로지 나만 녀석에게 먹이를 주었고, 녀석은 내가 집 안팎 어디를 가든 나를 쫓아다녔다. 심지어 녀석은 바깥나들이를 할 때도 나를 따라 거리로 나섰다.

우리의 우정은 이렇게 몇 년 동안 지속되었다. 그사이 나의 기질과 성격은 폭음을 통해(고백하려니 낯이 뜨겁다) 훨씬 더 나쁜 쪽으로 급격히 바뀌었다. 하루가 다르게 변덕과 짜증이 심해졌고, 갈수록 다른 사람의 감정 따위는 아랑곳하지 않게 되었다. 아내에게도 걸핏하면 욕설을 퍼부었고, 급기야 폭력을 휘두르는 지경에까지 이르렀다. 물론 나의 애완동물들도 이러한 나의 기질 변화를 느끼기 시작했다. 나는 녀석들을 방치했을 뿐만 아니라 학대하기까지 했다. 하지만 플루토에게만큼은 여전히 애정이 남아 있었기 때문에 녀석을 학대하는 일은 없었다. 반면 토끼나 원숭이, 심지어 개조차도 우연히든 애정에 겨워서든 내 곁에 다가오면 일말의 망설임도 없이 못살게 굴었다. 내 병은 점점 더 깊어졌고(음주벽만큼 몹쓸 병이 또 있을까!) 플루토마저—이제 나이가 들어 약간 까다로워졌다고는 해도—내 고약한 기질의 여파를 고스란히 겪기 시작했다.

어느 날 밤, 내가 자주 들르는 시내의 한 술집에서 만취 상태가 되어 집으로 돌아왔을 때였다. 문득 고양이가 나를 피한다는 생각이 들었다. 나는 녀석을 붙잡았다. 바로 그때 녀석은 나의 사나운 행동에 깜짝 놀라 내 손에 가벼운 이빨 자국을 남겼다. 걷잡을 수 없는 분노가 그 즉시 나를 사로잡았다. 나는 더이상 제정신이 아니었다. 나의 원래 영혼이 순식간에 내 몸에서 빠져나간 듯싶더니 술이 불러온 극악한 증오심에 나는 온몸을 부들부들 떨어댔다. 나는 외투 주머니에서 주머니칼을 꺼내 그 가련한 짐승의 목덜미를 움켜잡고 한쪽 눈을 천천히 도려냈다! 저주받아 마땅한 나의 잔인무도한 행동을 써 내려가자니 얼굴이 화끈거리고 온몸이 후들거린다.

이튿날 아침, 간밤의 술기운에서 깨어나 이성이 돌아오자 내가 저지른 범죄 때문에 한편으로는 두렵기도 하고 한편으로는 후회스럽기도 했다. 하지만 그런 감정은 기껏해야 흐릿하고 미미한 수준에 머물렀을 뿐 나의 영혼까지 흔들어놓지는 못했다. 나는 다시 폭음에 빠져들었고, 나의 행동에 대한 기억은 곧이어 술독 속에 묻히고 말았다.

그런 가운데 고양이는 서서히 회복되었다. 눈알이 파여 나간 눈구멍은 오싹한 인상을 주었지만 더이상은 통증을 느끼지 않는 것 같았다. 녀석은 평소처럼 집 안 여기저기를 어슬렁거리며 돌아다녔다. 하지만—충분히

짐작하고도 남겠지만—내가 다가가기만 하면 화들짝 놀라 달아나버렸다. 아직도 예전의 마음이 많이 남아 있었는지 한때는 나를 그토록 사랑했던 짐승이 대놓고 나를 싫어하는 모습을 보자 처음에는 착잡한 심정이었다. 하지만 이런 감정은 곧 앙심에 자리를 내주었다. 그러고 나서 마치 다시는 되돌릴 수 없는 최후의 파멸을 예고하기라도 하듯 빙퉁그러진 성질이 찾아왔다. 이러한 성질에 대해 철학은 아무런 설명도 해주지 못한다. 하지만 나는 빙퉁그러진 성질이 인간의 마음에 자리하는 원초적인 충동의 하나라는 것을, 인간의 성격에 방향을 제시하는 개인의 고유한 특성 또는 정서의 하나라는 것을 내 영혼이 살아 있다고 믿는 것만큼이나 굳게 믿는다. 그렇게 해서는 안 된다는 것을 알면서도 바로 그런 이유 때문에 비열하거나 어리석은 행동을 일삼는 사람이 얼마나 많은가? 법을 어기는 행동이라는 것을 충분히 알면서도 바로 그런 이유 때문에 최선의 판단을 거스르면서까지 법을 어기고픈 충동에 사로잡히는 것이 우리 인간 아닌가? 이런 고약한 성질은 나의 마지막 파멸을 불러왔다. 아무 죄도 없는 짐승을 계속 괴롭히면서 결국에는 돌이킬 수 없는 해를 가하기에 이른 것은 스스로를 괴롭히려는, 스스로의 본성에 폭력을 행사하려는, 단지 잘못을 위해 잘못을 저지르려는 영혼의 끝없는 갈망 때문이었다.

어느 날 아침 나는 태연하게 고양이의 목에 밧줄을 감고 나뭇가지에 매달았다. 고양이를 매달자니 눈물이 하염없이 흐르면서 쓰디쓴 회한으로

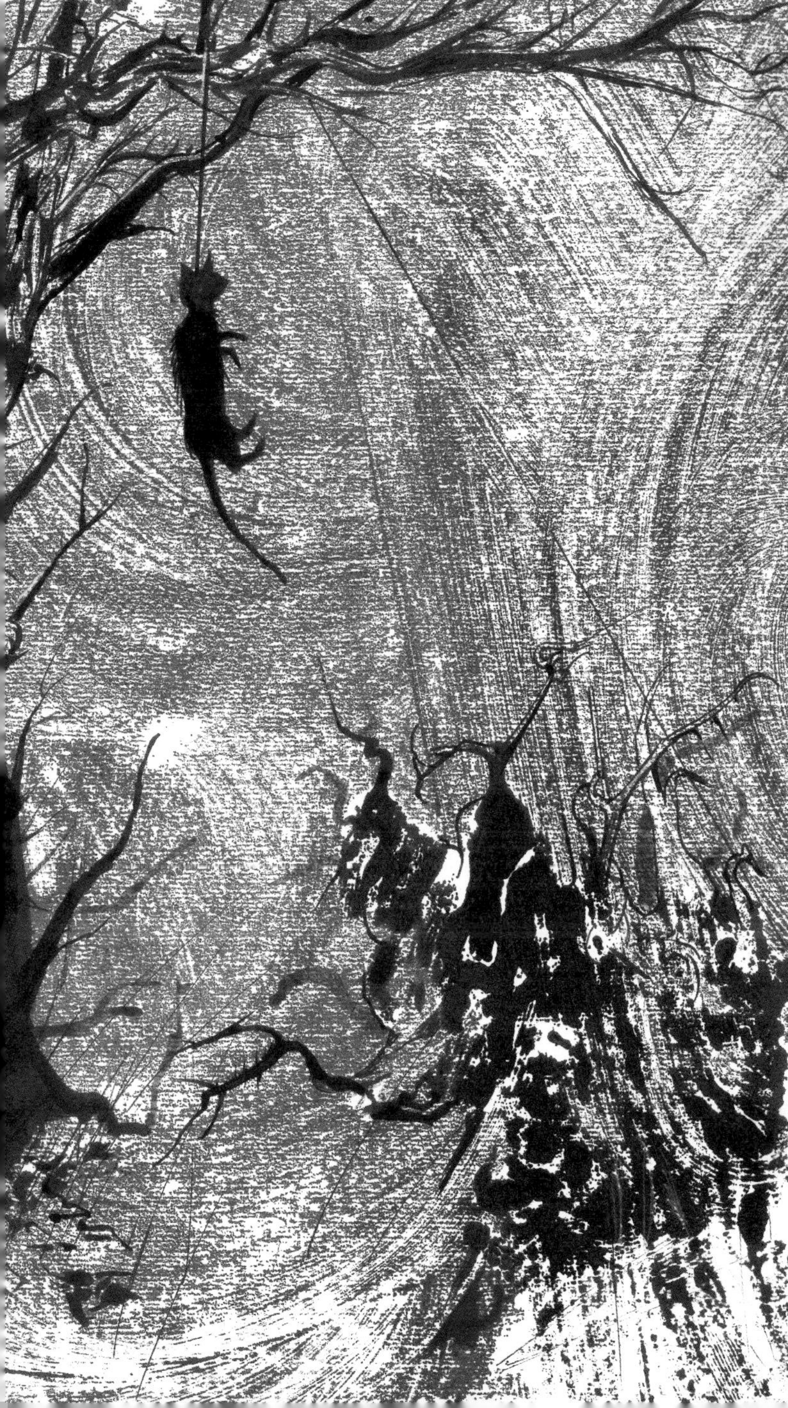

마음이 미어졌다. 녀석이 나를 사랑한다는 것을 알기에, 녀석이 나를 화나게 했을 리가 없다는 것을 알기에 나는 녀석을 매달았다. 내가 죄를 짓고 있다는 것을 알기에, 만약 그런 일이 가능하다면 내 불사의 영혼을 더없이 자비로우면서 더없이 가혹한 하느님의 무한한 자비마저 닿지 않는 곳에 빠뜨릴 만큼 위험천만한 죄를 짓고 있다는 것을 알기에 나는 녀석을 매달았다.

이처럼 참혹한 짓을 저지른 날 밤, 나는 '불이야!' 하는 고함 소리에 잠에서 깨어났다. 침대 둘레에 쳐진 커튼이 불길에 휩싸여 있었다. 아니, 집 전체가 불타고 있었다. 아내와

하인과 나는 가까스로 화마를 피해 빠져나왔다. 파괴는 철저했다. 전 재산이 하루아침에 날아갔고, 그후로 나는 절망에 빠져 지냈다.

나는 그 재앙과 내 잔학한 행동 사이의 인과관계를 유추해 모종의 결론을 내릴 만큼 나약한 인간은 아니다. 하지만 나는 일련의 사실을 남김없이 기술할 작정이다. 조금이라도 미진한 점을 남겨놓고 싶지 않기 때문이다.

화재가 있은 다음날 나는 폐허로 변한 나의 옛 집을 찾아갔다. 벽이 한쪽만 남고 모두 무너져 있었다. 유일하게 남은 이 벽은 내 침대 머리가 기대고 있던 집 중앙의 그리 두껍지 않은 칸막이벽에 둘러싸여 있었다. 벽이 그 큰불에도 견딜 수 있었던 것은 최근에 여기다 회반죽을 두껍게 덧바른 덕분인 듯했다. 이 벽 주위에 사람들이 떼를 지어 모여 있었다. 그리고 그 가운데 많은 사람이 매우 조심스러우면서도 대단한 관심을 보이며 벽의 특정 부분을 살피고 있는 듯했다. 여기저기서 들려오는 "별일이군!" "기이해!"와 같은 말들이 나의 호기심을 자극했다. 가까이 다가가서 보니 거대한 고양이의 형상이 흰 표면에 얕게 돋을새김한 것처럼 찍혀 있었다. 벽에 찍힌 그 자국은 놀랍도록 선명했다. 목에 밧줄도 매여 있었다.

망령이라고밖에 달리 생각할 수 없는 이 형상을 처음 본 순간, 나의 놀라움과 공포는 극에 달했다. 하지만 나는 곧 평정을 되찾았다. 나는 고양이가 집 근처 뜰에 매달려 있었다는 사실을 기억해냈다. 불이 났다는 고함 소리에 사람들이 그 즉시 이 뜰로 몰려들었고, 그 가운데 누군가가 밧줄을 잘라

고양이를 나무에서 내려서는 열려 있던 창문을 통해 내 방으로 던진 것이 틀림없었다. 아마 나를 잠에서 깨우려고 그렇게 했을 것이다. 내 잔인한 행동의 제물은 나머지 벽들이 무너지면서 그 압력에 새로 바른 회반죽 틈새로 밀려들어갔고, 화염과 시체에서 나오는 암모니아가 지금 내가 보고 있는 이 형상을 만들어놓았을 가능성이 컸다.

비록 나의 양심에 비추어서는 아니었다 하더라도 나의 이성에 비추어서는 충분히 납득이 가는데도, 놀랍도록 생생한 그 자국은 나의 뇌리에 깊은 인상을 새겨놓았다. 몇 달 동안 나는 고양이의 환영에 시달렸다. 그리고 양심의 가책이라고까지 할 순 없었지만 마음속에서 감상에 가까운 감정이 다시 일었다. 그러다 종국에는 고양이를 잃어버린 것을 아쉬워하면서 이제는 습관처럼 뻔질나게 드나들게 된 악의 소굴을 찾을 때마다 주변을 두리번거리며 옛날 녀석과 비슷하게 생긴 고양이는 없는지, 그 녀석의 빈자리를 채워줄 고양이는 없는지 살피는 지경에까지 이르렀다.

어느 날 밤, 반쯤 멍한 상태로 악의 소굴 한복판에 앉아 있을 때였다. 그곳의 대부분을 차지하는 커다란 술통 중 하나 위에 웅크리고 있는 웬 시커먼 물체가 갑자기 내 주의를 끌었다. 나는 몇 분 동안 술통 위를 뚫어지게 쳐다보고 나서야 거기 그렇게 웅크린 채 앉아 있는 그 물체를 바로 알아보지 못했다는 사실에 깜짝 놀랐다. 나는 가까이 다가가 그것을 손으로 만져보았다. 검은 고양이였다. 플루토만큼이나 덩치가 컸고, 한 가지만 빼면 모

든 점에서 플루토와 매우 비슷했다. 플루토는 몸 어디에도 흰색 털이 없었는데, 이 고양이에게는 흐릿하지만 가슴 전체를 덮을 만큼 큰 흰색 반점이 있었다.

내가 만지기가 무섭게 녀석은 벌떡 일어나더니 큰 소리로 가르랑거리며 내 손에 몸을 비벼댔다. 어느 모로 보나 내가 알아봐준 것을 기뻐하는 듯했다. 그렇다면 녀석은 내가 찾던 바로 그 고양이였다. 나는 그 즉시 술집 주인에게 고양이를 팔라고 제안했다. 그런데 주인은 자기 것이 아니라고, 처음 보는 고양이이며 녀석에 대해 아는 바가 전혀 없다고 말했다.

나는 고양이를 계속 쓰다듬어주었다. 내가 마침내 집에 갈 채비를 하자 녀석도 나와 함께 가고 싶어하는 기색을 보였다. 나는 녀석이 하고 싶은 대로 하게 내버려두었다. 그리고 집으로 돌아오는 내내 이따금 발걸음을 멈추고 녀석을 어루만져주었다. 집에 오자마자 녀석은 곧 길들여졌고, 아내도 금세 녀석에게 정을 주었다.

그런데 얼마 지나지 않아 녀석에 대한 증오가 솟아났다. 내가 예상했던 것과는 정반대의 결과였지만 그 이유에 대해서는 아직도 알 수 없다. 녀석이 나를 좋아하면 할수록 역겹고 짜증이 났다. 이러한 감정은 점차 극심한 증오로 발전해갔다. 나는 가능한 한 녀석을 피했다. 녀석을 학대하지는 않았다. 일종의 수치심과 이전에 내가 저지른 잔인한 행동에 대한 기억 때문이었다. 몇 주 동안은 때리거나 그 외의 난폭한 방법으로 녀석을 못살게 굴지 않았다. 하지만 점차, 아주 점차 나는 이루 말할 수 없는 증오의 눈길로 녀석을 보게 되었고, 역병 환자의 숨결을 피하듯 그 불쾌한 존재에게서 말 없이 도망치게 되었다.

이처럼 내가 고양이에 대한 증오심을 쌓아갔던 데에는 녀석을 집에 데려오고 나서 그 이튿날 아침에 발견한 사실이 무시 못 할 원인으로 작용했다. 그러니까 녀석도 플루토처럼 한쪽 눈이 없었다. 하지만 아내는 그 때문에 고양이에게 더욱 애정을 쏟았다. 앞에서도 말했듯이 아내는 내가 한때 지녔던 남다른 성품, 소박하면서 순수한 내 기쁨의 원천이었던 인정이 아주 많았다.

하지만 내가 싫어하면 할수록 나에 대한 녀석의 애정은 점점 더 커지는 듯했다. 녀석은 독자들은 짐작하기 어려울 만큼 집요하게 내가 가는 곳마다 따라다녔다. 내가 앉을 때면 녀석은 내 의자 밑에 들어가 웅크리거나 내 무릎 위로 뛰어올라 소름 끼치게 몸을 비벼댔다. 자리에서 일어나 걸으려고 하면 내 발 사이로 뛰어들어 나를 넘어질 뻔하게 하거나, 길고 날카로운 발톱으로 내 옷에 대롱대롱 매달려 가슴팍까지 기어오르기 일쑤였다. 그럴 때면 단박에 녀석을 박살내고픈 마음이 간절했지만 그렇게 하지 못했다. 어느 정도는 내가 전에 지은 죄의 기억 때문이기도 했지만, 고백하건대 그보다 더 중요한 이유는 그 짐승이 끔찍이 무서웠기 때문이다.

이러한 두려움은 피부에 와 닿는 어떤 악의나 위협에 대한 두려움과는 약간 거리가 있었다. 하지만 달리 뭐라고 표현할 길이 없다. 이 중죄인 감방에 갇힌 처지에서조차 고백하자니 부끄럽지만 그 짐승이 불러일으킨 공포와 전율은 너무도 어처구니없는 망상에 의해 더욱 증폭되었다. 이미 말했다시피 이 이상한 고양이가 내가 죽인 녀석과 확연히 구분되는 한 가지 특징은 흰 반점이었는데, 아내는 그 점에 대해 여러 차례 내 주의를 환기했다. 아마 독자들은 그 반점이 크긴 했지만 흐릿했다는 것을 기억할 것이다. 하지만 그 점은 서서히, 거의 알아차릴 수 없을 만큼 서서히 모양을 드러냈고, 나의 이성은 오랫동안 환상이라고 애써 부인했건만 급기야 뚜렷한 윤곽을 띠게 되었다. 반점은 이제 그 이름을 입에 올리는 것만으로도 사지가 후들후들 떨리는 어떤 사물을 나타내고 있었다. 이 때문에 무엇보다도 고양이가 끔찍이 싫고 무서웠으며, 그럴 용기만 있다면 그 괴물을 내 눈앞에서 없애고 싶었던 것이다. 그 사물은 다름 아니라 섬뜩하고도 소름 끼치는 교수대였다! 공포와 범죄를, 격통과 죽음을 상징하는 음침하고 무시무시한 바로 그 기구였다!

나는 이제 보통 사람이 생각할 수 있는 비참한 상태와는 도저히 비교가 되지 않을 만큼 비참한 상태에 이르렀다. 한갓 짐승이, 내가 얕잡아보고 없애버린 짐승의 동료가 나에게, 지고한 하느님의 형상으로 빚어진 인간에게 그토록 참을 수 없는 고통을 안겨줄 줄이야! 아아, 나는 밤이든 낮이든 더 이상 휴식의 축복을 받지 못했다! 낮에는 고양이가 한시도 나를 혼자 내버려두지 않았고, 밤에는 말할 수 없이 끔찍한 악몽에 시달리다 한 시간마다 깨어나보면 얼굴에 녀석의 뜨거운 입김이 느껴졌다. 악몽의 화신인 녀석은 내 힘으로는 도저히 뿌리칠 수 없는 육중한 무게로 내 심장에 달라붙어 영원히 떨어질 줄 몰랐다!

이처럼 극심한 고통에 짓눌리다보니 그나마 내 안에 남아 있던 선의의 희미한 흔적조차 자취를 감추고 말았다. 사악한 생각이, 그 중에서도 가장 어둡고 사악한 생각이 나의 유일한 친구가 되었다. 평소에도 심했던 나의 신경질은 점차 모든 사물과 모든 인간에 대한 증오로 발전해갔다. 이제 예고도 없이 불쑥불쑥 찾아오는 통제 불능의 분노에 무턱대고 나를 내맡길 때면, 아아! 불평이라고는 모르는 아내가 그 피해를 고스란히 받았다. 하지만 아내는 그때마다 누구보다도 의연하게 참아냈다.

이 무렵 우리는 가난 때문에 어쩔 수 없이 낡은 집에 살고 있었다. 하루는 아내가 지하실에 볼일이 있어 나를 따라 내려오고 있었다. 고양이도 나를 따라 가파른 계단을 내려오고 있었는데, 하마터면 나를 넘어뜨릴 뻔했다. 나는 분한 나머지 거의 제정신이 아니었다. 그 자리에서 도끼를 집어들고는 분노에 눈이 멀어 그때까지 내 손을 묶어두었던 치기 어린 공포까

지도 까맣게 잊은 채 고양이를 향해 일격을 날렸다. 물론 내가 작정했던 대로 됐더라면 고양이는 필시 그 길로 죽었을 것이다. 하지만 나의 일격은 아내의 손에 저지되었다. 뜻하지 않은 방해에 나는 마귀 들린 사람보다 더한 광기에 사로잡혀 아내의 손을 뿌리치고 도끼를 아내의 정수리에 꽂았다. 아내는 신음 한 번 내지 못하고 즉사했다.

이 가증할 살인에 뒤이어 나는 곧 시체를 숨기는 일에 골몰했다. 밤이든 낮이든 이웃 사람들 눈에 띄지 않고 시체를 집 밖으로 옮기는 도저히 불가능했다. 별의별 방법이 머릿속에 떠올랐다. 어떤 때는 시체를 토막토막 잘라 불에 태울까도 생각했다. 또 어떤 때는

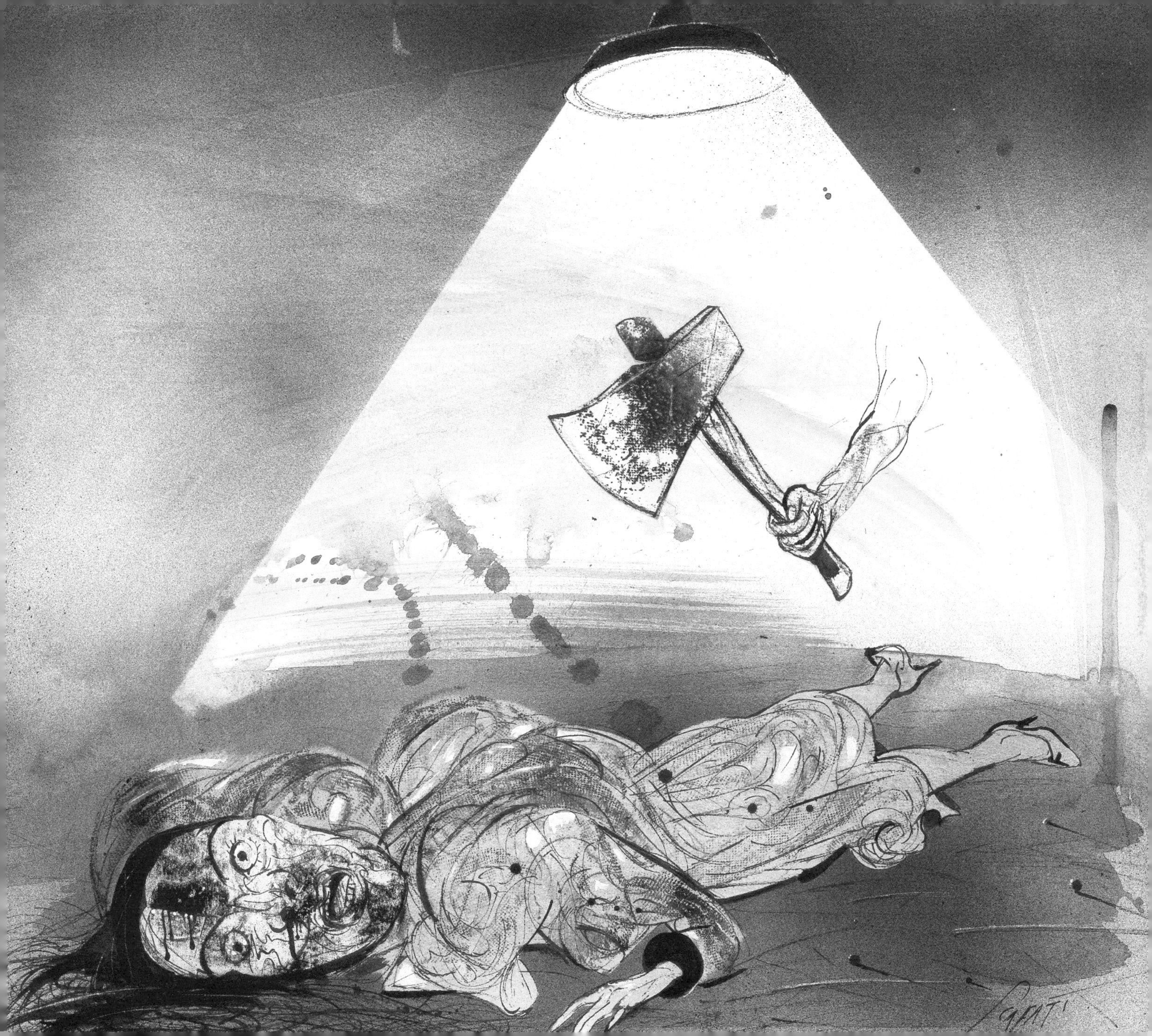

지하실 바닥을 들어내고 그 안에 파묻어버릴까도 생각했다. 그런가 하면 마당 우물에 던져버릴까, 아니면 상품처럼 상자에 넣고 포장해서 짐꾼을 시켜 집 밖으로 들고 나가게 할까 하는 생각도 했다. 그러다 마침내 이 중 어떤 것보다 훨씬 더 기가 막힌 방법이 생각났다. 중세의 수도사들이 희생자를 벽 속에 넣고 발랐다는 기록이 있듯이 나도 시체를 지하실 벽 속에 넣어 바르기로 한 것이다.

이런 목적에서 우리 집 지하실은 안성맞춤이었다. 벽이 모두 엉성하게 쌓아올려진 데다 최근에 회반죽을 발라 틈새를 대충 메웠는데 공기가 축축해 아직도 제대로 굳지 않은 상태였다. 게다가 벽 한쪽이 툭 튀어나와 있었다. 아마도 원래는 가짜 굴뚝이나 벽난로가 있던 자리인데 지하실의 나머지 공간과 비슷해 보이게 하려고 메워버린 듯했다. 이 지점의 벽돌을 들어내고 시체를 넣은 다음 전처럼 벽을 통째로 발라버리면 아무도 의심하지 못할 것 같았다.

나의 계산은 정확히 맞아떨어졌다. 나는 쇠지레를 이용해 쉽게 벽돌을 들어낸 후 시체를 조심스럽게 안쪽 벽에 기대 세우고 그 자세를 유지하도록 떠받치면서 그다지 어렵지 않게 벽돌을 원래대로 다시 쌓았다. 그러고는 모르타르와 모래와 섬유재를 최대한 신중하게 구입해 예전 것과 거의 구분이 가지 않게 회반죽을 준비한 다음 새로 쌓은 벽돌에 매우 조심스럽게 펴 발랐다. 작업이 모두 끝나자 더할 나위 없이 만족스러웠다. 벽은 손댄 흔적이 전혀 없어 보였다. 바닥의 쓰레기도 티끌 하나 없이 깨끗이 치웠다. 나는 승리감에 취해 주변을 돌아보며 혼잣말을 했다.

"적어도 여기까진 내 수고가 헛되지 않았군."

다음 단계로 나는 이 끔찍한 일의 원인이 된 그 짐승을 찾아 나섰다. 결국 놈을 죽여 없애기로 단단히 마음먹었기 때문이다. 그 순간에 놈을 찾아낼 수만 있었다면 놈의 운명은 불을 보듯 뻔했을 것이다. 하지만 그 교활한 짐승은 지난번에 내가 터뜨린 사나운 분노에 어지간히 놀랐는지 내 눈앞에 나타나는 것을 삼갔다. 그 지긋지긋한 놈이 보이지 않자 마음이 얼마나 홀가분하던지 말로는 도저히 형용할 수가 없다. 그날 밤 놈은 끝내 나타나지 않았고, 덕분에 나는 놈이 우리 집에 오고 난 이후로 적어도 그날 밤만큼은 곤하게 푹 잤다. 그랬다, 살인이라는 무거운 짐이 내 영혼을 짓누르는데도 나는 천연덕스레 잠을 잤다.

이틀이 지나고 사흘이 지나도 나의 눈엣가시는 여전히 돌아오지 않았다. 나는 다시 한번 자유의 몸으로 돌아가 마음껏 숨을 쉬었다. 그 섬뜩한 괴물이 영원히 내 집에서 달아났는데 무슨 말이 더 필요하겠는가! 더이상 놈을 보지 않아도 된다는데! 나의 행복은 극에 달했다! 나의 어두운 행동에 대한 죄책감도 나를 거의 괴롭히지 못했다. 몇 차례 취조를 받긴 했지만 그때마다 무사히 넘겼다. 한번은 수색이 이루어지기도 했는데 물론 아무것도 나오지 않았다. 앞으로 내 행복은 탄탄대로처럼 보였다.

살인을 저지르고 나흘째 되는 날, 뜻밖에도 경찰관들이 집에 들이닥쳐 다시 집 안 구석구석을 샅샅이 수색했다. 하지만 내가 시체를 숨긴 곳은 아무도 찾지 못할 것이라는 확신이 있었기에 나는 눈곱만큼도 당황하지 않았다. 경찰관들은 나를 앞세워 수색 작업에 나섰고 구석구석 모조리 뒤졌다.

수색조는 서너 차례 지하실을 오르내렸다. 그러거나 말거나 나는 눈썹 하나 까딱하지 않았다. 나의 심장은 아무런 근심걱정 없이 잠든 무고한 사람의 심장처럼 고르게 뛰었다. 나는 지하실 끝에서 끝까지 유유히 걸어 다녔다. 가슴에 대고 팔짱을 낀 채 이리저리 어슬렁거리며 보란 듯이 여유를 부렸다. 경찰관들은 아주 흡족해하며 떠날 채비를 했다. 나는 너무나 기쁜 나머지 참을 수가 없었다. 승리의 표시로 뭔가 한 마디라도 하고 싶어서, 나의 무죄에 대한 그들의 확신에 쐐기를 박아주고 싶어서 입이 근질거렸다. 그래서 그들이 계단을 올라갈 때 나는 결국 이렇게 말하고 말았다.

"여러분, 여러분의 의심을 덜어드리게 돼서 기쁘기 한량없습니다. 모두 건강하고 평안하시기를 빌겠습니다. 그런데 여러분, 여긴 말입니다, 여긴 아주 잘 지어진 집이올시다. (뭐든 지껄이고 싶은 격렬한 욕구에 휩싸여 나는 내가 무슨 말을 하는지 거의 알아채지 못했다) 뛰어나게 잘 지어진 집이라고 감히 말씀드릴 수 있습니다. 이 벽으로 말할 것 같으면 — 가시려고요, 여러분? ─ 이 벽이 얼마나 튼튼한지 보십시오."

여기서 나는 그저 허세를 부리고 싶다는 충동에 사로잡혀 들고 있던 지팡이로 사랑하는 아내의 시체가 서 있는 바로 그 벽돌 부분을 세게 두드렸다.

아, 신이시여, 사탄의 독니로부터 저를 지켜주소서! 나의 호언장담이 되울리는 메아리가 침묵 속으로 가라앉자마자 무덤 안에서 어떤 목소리가 들려왔다! 처음에는 어린아이의 울음소리처럼 희미한 가운데 간간이 끊어지다가 곧이어 끊이지 않고 계속 길고 크게 이어지는 울부짖음으로 바뀌었다. 너무나 기이해서 인간의 소리라고는 할 수 없는 그 울부짖음, 공포와 승리감이 반반씩 뒤섞인 그 울부짖음은 오로지 지옥에서만 나올 수 있는, 고통에 겨워 신음하는 저주받은 자들의 목구멍과 저주를 퍼부으며 기뻐 날뛰는 악마들의 목구멍에서 동시에 터져 나오는 소리 같았다고밖에는 달리 설명할 길이 없다.

이 자리에서 내 생각을 말하는 것은 어리서은 짓이다. 나는 망연자실한 채 비칠거리며 반대쪽 벽에 기대섰다. 계단에 있던 경찰관들도 극도의 공포와 충격으로 미동도 없이 그 자리에 얼어붙었다. 다음 순간 건장한 열두 개의 팔이 벽을 무너뜨리기 시작했다. 곧이어 벽이 와르르 무너져내렸다. 이미 심하게 부패된 채 여기저기 핏덩이가 말라붙은 시체가 사람들의 눈앞에 꼿꼿하게 서 있었다. 시체의 머리 위에는 그 간교함으로 나를 꾀어 살인을 저지르게 만들고, 그 목소리로 나를 교수형 집행인에게 넘긴 불길한 짐

승이 시뻘건 아가리를 있는 대
로 벌리고 이글거리는 외눈을
치켜뜬 채 앉아 있었다. 나는
무덤 속에 그 괴물도 함께 넣어
봉했던 것이다.

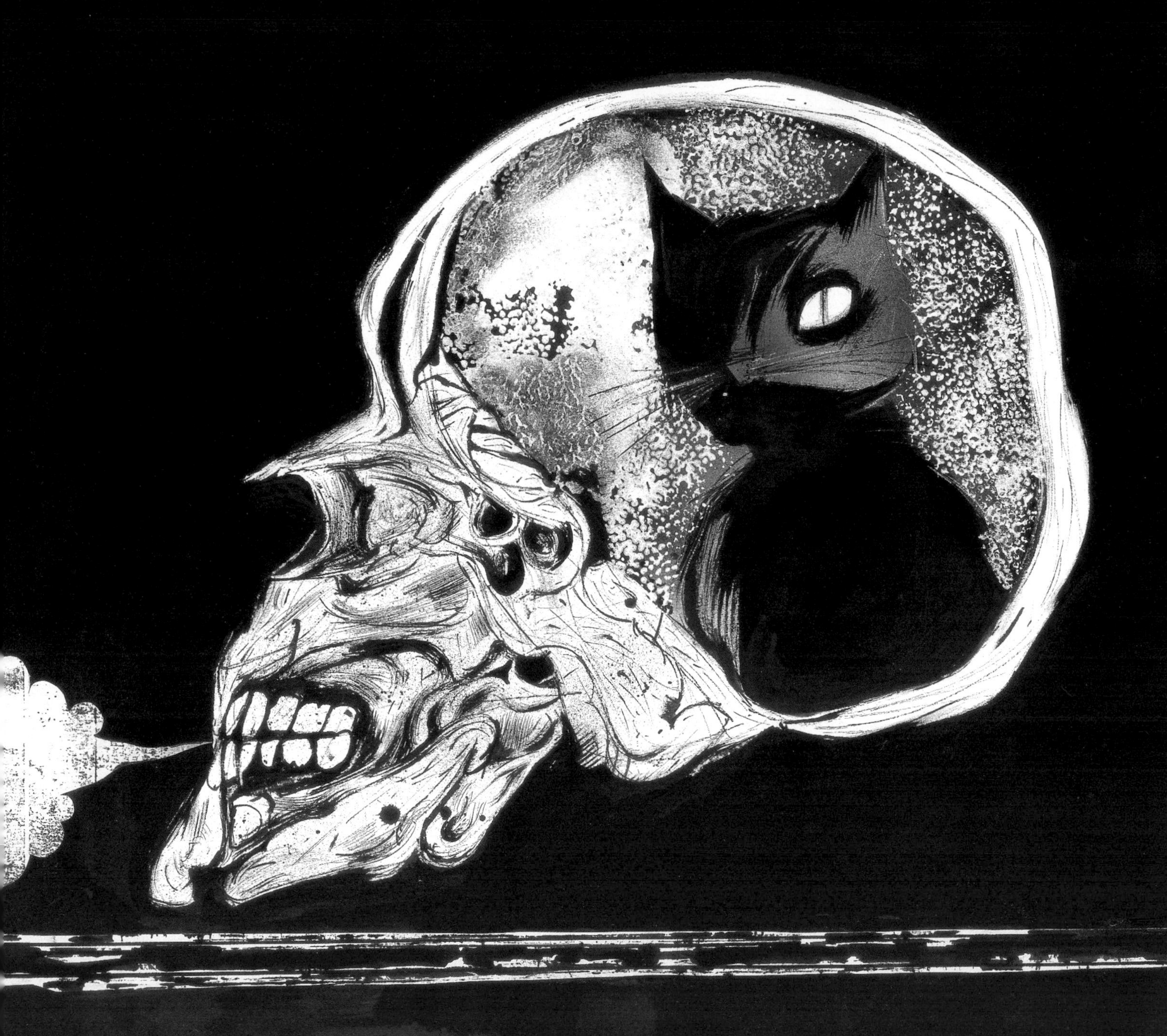

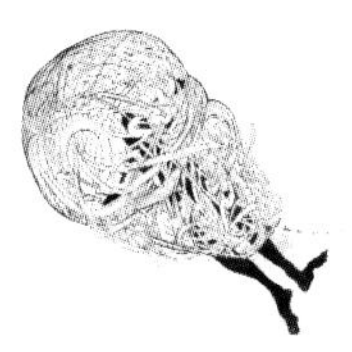

나락과 진자

THE PIT AND THE PENDULUM

나는 긴 고통 속에서 죽을 만큼 앓았다. 고통이 마침내 나를 놓아주었을 때 나는 일어나 앉을 수 있었다. 감각이 나를 떠나고 없는 듯했다. 선고, 그 끔찍한 죽음의 선고가 내 귀에 마지막으로 분명하게 닿았던 소리였다. 그 후 심문자들의 목소리는 어렴풋하고 희미한 하나의 웅얼거림으로 녹아드는 듯했다. 그 소리는 나의 영혼에 혁명이라는 생각을 심어주었다. 아마도 물방아 바퀴가 윙윙거리며 돌아가는 듯한 소리에서 혁명을 연상했던 것 같다. 이것도 잠시뿐이었다. 나는 이제 더이상 아무 소리도 들을 수 없기 때문이다. 하지만 잠시 동안은 보았다. 이 얼마나 터무니없는 과장인지! 나는 검은 옷차림을 한 심판관들의 입술을 보았다. 내 눈에 그 입술들은 이

글을 적어 내려가고 있는 종이보다 더 하얗게 보였다. 그리고 기이하리만큼 얇았다. 완강함과 불요불굴의 결의와 사정을 봐주는 고문에 대한 가차 없는 증오가 그대로 묻어나는 얇은 입술이었다. 나는 나의 운명을 결정지을 판결이 그 입술들에서 흘러나오는 모습을 보았다. 나는 입술들이 끔찍한 표현을 뱉어내며 일그러지는 모습을 보았다. 입술들이 내 이름을 발음하는 모습을 보았다. 그리고 나는 사시나무 떨듯 온몸을 떨어댔다. 갑자기 소리가 뚝 끊겼기 때문이다. 공포로 제정신이 아니었던 그 짧은 순간에 나는 사방의 벽을 감싸고 있는 시커먼 휘장이 거의 알아차릴 수 없을 만큼 미세하게 흔들리는 모습도 보았다. 그러고 나서 나의 시선은 탁자 위에 놓인 일곱 자루의 키 큰 양초에 가닿았다. 처음에는 양초들이 자비의 측면을 띤 가운데 나를 구해줄 흰옷 입은 천사처럼 보였다. 하지만 그러고 나서 갑자기 지독한 욕지기가 나의 정신을 덮쳐왔다. 마치 전깃줄에 닿기라도 한 듯 온몸 구석구석이 떨렸다. 그사이 천사의 형체들은 불꽃 머리가 달린 유령으로 변했고, 그 모습에서 나는 아무 도움도 기대할 수 없음을 보았다. 그러고 나서 무덤 안에는 더없이 달콤한 휴식이 있을 것이라는 생각이 마치 풍부한 음조처럼 나의 공상 속으로 밀려들었다. 그 생각은 조용하고 은밀하게 다가왔으며, 완전히 파악하려면 시간이 오래 걸릴 듯했다. 하지만 나의 정신이 마침내 그 생각을 온전히 느끼고 받아들이게 되자 심판관들의 모습이 마치 마법과도 같이 내 앞에서 사라졌다. 키 큰 양초들도 무無 속으로 가라앉았다! 양초들이 피워 올리던 불꽃이 완전히 사그라지면서 칠흑 같은 어둠이 내려앉았다. 모든 감각이 마치 지옥으로 곤두박질치는 영혼처럼 일순간에 사라져버린 듯했다. 그러고 나서 고요와 정적, 밤의 어둠만이 가득했다.

나는 까무룩 정신을 놓쳤다. 하지만 의식을 모두 잃었다고 말할 수는 없다. 무엇이 남아 있었는지는 굳이 설명하려 하지 않겠다. 그러나 모두 잃은 것은 아니었다. 아무리 깊게 잠든다 해도, 섬망에 빠진다 해도, 정신을 놓친다 해도, 심지어 죽어 무덤에 들어간다 해도 의식이 모두 사라지는 일은 절대 없다! 만약 그렇다면 인간에게 불사란 없다. 깊은 잠에서 깨어나 우리는 꿈의 가느다란 거미줄을 걷어낸다. 하지만 그러고 나면 곧 (거미줄이 아무리 약하다고는 해도) 우리가 꿈을 꾸었다는 사실을 망각한다. 기절 상태에서 의식을 회복하는 데에는 두 가지 단계가 있다. 첫번째는 정신의 감각을 되찾는 단계이고, 두번째는 살아 있다는 감각을 되찾는 단계다. 두번째 단계에 이르면 아마도 첫번째 단계의 인상을 기억해내는 듯하다. 그리고 이 인상들이 의식 저 너머 기억의 심연 속에서는 뚜렷했다는 사실도. 그렇다면 그 심연이란 과연 무엇일까? 적어도 그 심연의 그림자와 무덤의 그림자만이라도 구분하려면 어떻게 해야 할까? 하지만 내가 첫번째 단계라고 명명한 것의 인상이 우리 의지대로 떠오르지 않는다면? 도대체 어디에서 오는 건지 잔뜩 궁금증만 부추기면서 오랜 시간이 지난 후에도 모습을 드러내지 않는다면? 한 번도 기절해보지 않은 사람은 낯선 궁전과 활활 타오르는 석탄불 속의 낯익은 얼굴을 보지 못하는 사람이다. 공중에 떠다니는 슬픈 환영을 보지 못하는 사람이다. 처음 보는 신기한 꽃의 향기를 음미하지 못하는 사람이다. 처음 듣는 음률의 의미에 두뇌가 당황하는 경험을 하지 못하는 사람이다.

생각을 모으며 기억해내려고 애쓰다보면, 나의 영혼이 잠시 머물렀던 무처럼 보이는 상태를 다시 떠올려보려고 고군분투하다보면 기억이 떠오르는 순간이 있다. 그 순간은 매우 짧다. 하지만 두번째 단계의 명쾌한 이성은 이 기억들이 무의식으로 보이는 상태와 분명히 관련이 있다고 확언한다. 기억의 그림자들은 나를 들어 올려 저 아래 침묵 속으로, 도무지 끝이 없어 떨어진다는 생각만으로도 현기증이 이는 심연 속으로 나를 끌고 내려갔던 그 모든 인물에 대해 어렴풋하게 말한다. 또 내 가슴에 대고 심장이 이상하게도 너무 잠잠하다며 희미한 공포를 속삭이기도 한다. 그러고 나서 모든 게 갑자기 정지된 느낌이다. 마치 나를 끌고 내려가던 사람들이 무한의 한계를 앞지르다 너무 지친 나머지 잠시 쉬는 듯했다. 그러고 나서 편평하고 축축한 느낌이 기억난다. 그다음에는 광기, 금지된 것들 사이를 분주하게 헤집고 다니는 기억의 광기.

나의 영혼이 갑자기 움직임과 소리를 다시 포착했다. 심장이 요동치고, 내 귀에도 심장 박동 소리가 들린다. 그러고 나서 모든 게 텅 빈 정지 상태.

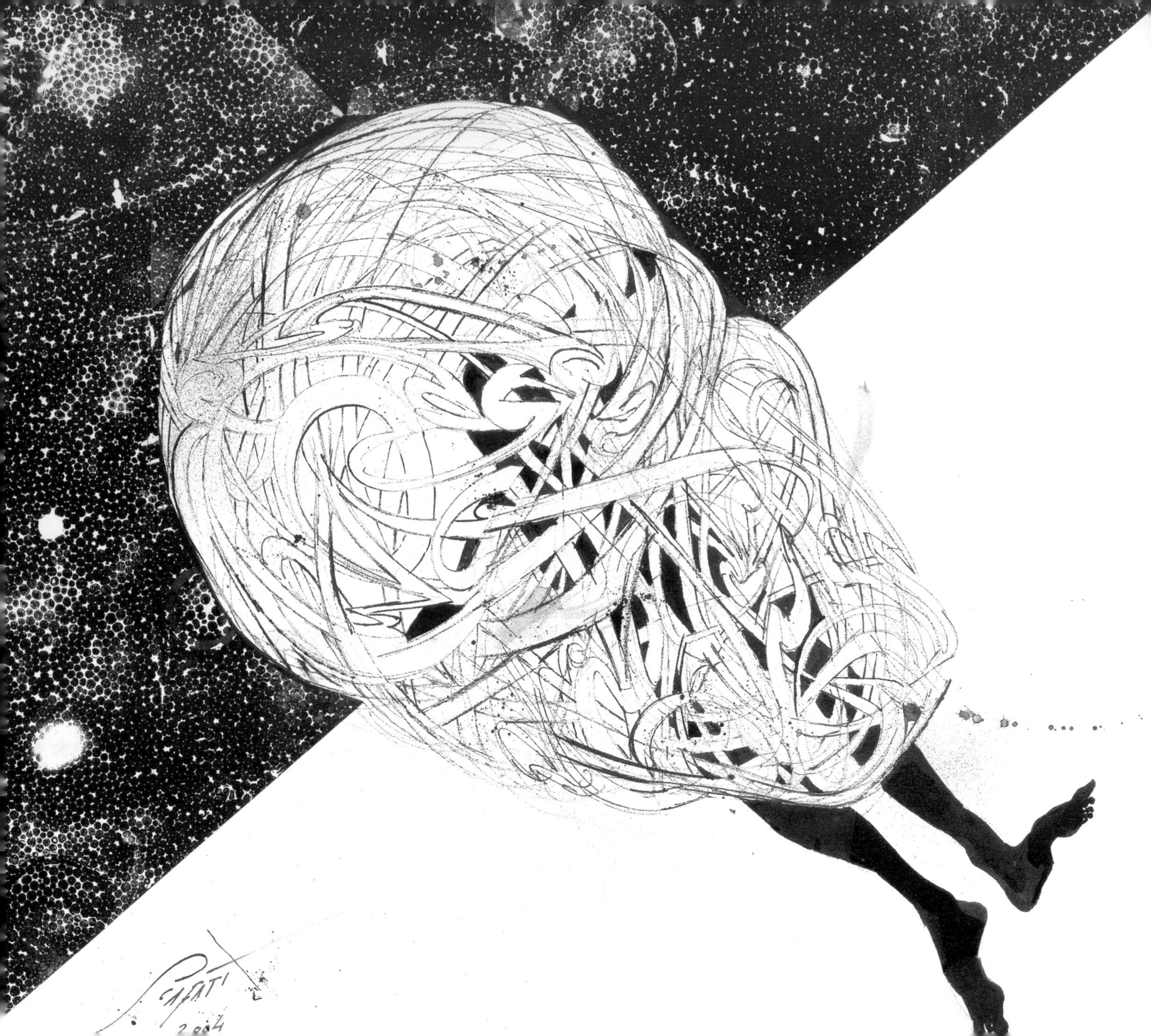
CAPATI
2004

그러고 나서 다시 소리, 움직임, 촉감, 그리고 온몸으로 퍼져 나가는 얼얼한 느낌. 그러고 나서 아무 생각 없이 그저 존재한다는 것만 의식하는 상태가 오래 지속되었다. 그러고 나서 갑자기 생각, 끔찍한 공포, 나의 진정한 상태를 파악하려는 진지한 노력. 그러고 나서 무의식 속으로 빠져들려는 강한 욕망. 그러고 나서 영혼의 갑작스런 소생과 몸을 움직이려는 노력. 그리고 이제 모두 기억난다. 심판, 심판관들, 시커먼 휘장, 판결, 메스꺼움, 기절. 그러고 나서 모든 것에 대한 망각이 이어졌다. 다음날 한참을 노력한 끝에 이 모두를 희미하게나마 떠올릴 수 있었다.

지금까지 나는 눈을 뜨지 않았다. 등을 대고 누워 있다는 느낌, 묶여 있지는 않다는 느낌이 들었다. 손을 뻗어보았다. 뭔가 축축하고 딱딱한 것이 만져졌다. 나는 몇 분 동안 그 상태로 있었다. 내가 지금 어디에 있는지, 내가 누구인지 생각해내려고 애쓰면서. 눈을 뜨고 싶었지만 겁이 났다. 우선 내 주위의 낯선 사물들을 본다는 게 두려웠다. 끔찍한 것을 보게 될까봐 두려웠던 것이 아니라 아무것도 보이지 않을까봐 두려웠다. 결국 나는 될 대로 되라는 심정으로 눈을 번쩍 떴다. 나의 우려가 현실로 나타났다. 영원한 밤의 암흑이 나를 휘감았다. 나는 숨을 쉬려고 무진 애를 썼다. 칠흑 같은 어둠이 내 숨통을 조이는 듯했다. 공기가 참을 수 없이 답답했다. 나는 여전히 조용히 누운 채 이성을 일깨우려고 애썼다. 심문 과정이 기억났다. 나는 그 지점에서 나의 실제 상황을 추론하고자 했다. 선고는 끝났다. 그 이

후로 무척 긴 시간이 흐른 것처럼 느껴졌다. 하지만 한순간도 내가 실제로 죽었다고는 생각하지 않았다. 그런 가정은 소설에서는 가능하지만 현실과는 완전히 상반된다. 나는 과연 어디에, 어떤 상태로 있는 것일까? 나는 사형수는 대개 화형에 처해지며, 나의 재판이 있던 날 밤에도 화형식이 있었다는 사실을 알고 있었다. 나는 지금 지하 감옥에 다시 갇혀 몇 개월 뒤에 있을 다음 화형식을 기다리고 있는 것인가? 그럴 리는 없다는 생각이 들었다. 화형은 곧바로 이루어지기 때문이다. 게다가 톨레도의 사형수 감옥처럼 내가 있는 지하 감옥도 바닥이 돌로 되어 있는 데다 빛이 전혀 들어오지 않았다.

무서운 생각에 갑자기 심장의 피가 솟구쳤다. 나는 또 한 번 무의식 속으로 빠져들었다. 잠시 후 다시 의식을 차리자마자 나는 부들부들 떨면서 몸을 일으키기 시작했다. 팔을 뻗어 사방으로 이리저리 휘저어보았다. 아무것도 느껴지지 않았다. 하지만 무덤 벽에 부딪힐까봐 감히 발을 떼어놓을 수가 없었다. 온몸의 땀구멍에서 땀이 쏟아져 나오는 가운데 이마에선 굵은 식은땀이 흘러 내렸다. 불안은 마침내 참을 수 없는 지경까지 커졌다. 나는 희미한 빛줄기라도 잡을 수 있지 않을까 하는 희망에 두 팔을 벌린 채 눈을 크게 뜨려고 애쓰면서 조심스럽게 앞으로 나아갔다. 그렇게 한참을 갔지만 주위는 여전히 암흑과 진공 상태였다. 그런데 숨쉬기가 아까보다 좀더 편해졌다. 그렇다면 나는 가장 끔찍한 운명의 나락으로는 떨어지지 않았을 가능성이 높았다.

조심스럽게 계속 앞으로 나아가고 있자니 톨레도의 참사를 둘러싼 무수한 소문이 떠올랐다. 그곳 지하 감옥에서 일어났다는 이상한 일들에 관한 전설은 늘 나의 관심을 끌었다. 하지만 이상하게도, 그리고 너무나 끔찍해 두 번 다시 입에 올리기도 싫지만 한 가지 속삭임만은 예외였다. 컴컴한 지하 세계에서 굶어죽어야 한단 말인가? 아니, 그보다 더 끔찍한 운명이 기다리고 있는 것은 아닐까? 그렇다면 그 결과는 죽음, 통상의 죽음보다 훨씬 더 고통스러운 죽음일 터. 거기다 나는 심판관들의 성격을 너무도 잘 알고 있었다. 죽음의 방식과 시간이 나를 온통 사로잡으면서 괴롭혔다.

내뻗은 손에 마침내 뭔가 딱딱한 것이 만져졌다. 벽이었다. 언뜻 돌을 쌓아 만든 벽처럼 보였는데 아주 부드럽고, 미끈거리고, 차가웠다. 나는 몇몇 전설이 불러일으킨 불신에 휩싸여 한 발 한 발 조심스럽게 떼어놓으며 벽을 따라 계속 나아갔다. 하지만 이렇게 해도 내가 있는 지하 감옥의 면적을 확인할 수는 없었다. 그 사실을 무시하고 한 바퀴를 돌아 처음에 출발했던 지점으로 다시 돌아온다고 해도 결과는 마찬가지일 듯했다. 그만큼 벽은 너무도 완벽하게 한결같아 보였다. 그래서 주머니를 뒤져 칼을 찾았다. 심문실에 들어갈 때까지만 해도 분명히 있었는데 없다. 그리고 보니 옷이 넝마 자루로 바뀌어 있었다. 벽돌과 벽돌 사이의 틈새에 칼날을 밀어 넣어 출발 지점을 표시해둘 생각이었다. 그렇다고 방법이 아주 없는 것은 아닐 터

였다. 하지만 두서없는 생각 속에서 처음에는 도저히 해결할 수 없는 문제처럼 보였다. 잠시 후 나는 옷자락 시접 일부를 찢어 벽 오른쪽 귀퉁이에 길게 쑤셔 넣었다. 손으로 더듬으며 감옥을 한 바퀴 돌고 나면 반드시 이 헝겊 조각과 다시 만나게 될 것이다. 적어도 나는 이렇게 생각했다. 하지만 지하 감옥의 규모나 나의 약한 체력은 고려하지 않았다는 게 문제였다. 바닥은 축축하고 미끄러웠다. 나는 비틀거리며 겨우 나아가다가 얼마 가지 못해 넘어지고 말았다. 너무 피곤해 꼼짝할 엄두가 나지 않았다. 그 자리에 그대로 엎드려 있다가 곧 잠이 들고 말았다.

　잠에서 깨어나 팔을 뻗어보니 내 곁에 빵 한 덩이와 물주전자가 놓여 있었다. 나는 너무나 지친 나머지 상황을 따져볼 생각조차 하지 못하고 그저 허겁지겁 먹고 마셨다. 그러고 나서 나는 다시 감옥 탐방에 나섰다. 천신만고 끝에 마침내 넝마 조각을 쑤셔둔 지점에 도착했다. 넘어졌을 때 나는 쉰두 걸음까지 셌다. 그러고 나서 순례를 재개해 넝마 조각 있는 곳까지 오는 동안 마흔여덟 걸음을 더 셌다. 그렇다면 모두 백 걸음이었다. 두 걸음이 1미터라고 치면 감옥의 둘레는 50미터라는 계산이 나왔다. 하지만 벽에 구석진 곳이 너무 많아 감옥의 형태는 추측할 수 없었다. 다만 지하 납골소와 비슷할 것이라고 추측했을 따름이다.

　나에게는 탐사에 필요한 도구가 거의 없었다. 게다가 희망도 보이지 않았다. 하지만 밑도 끝도 없는 호기심에 이끌려 나는 탐사를 계속했다. 이번에는 벽을 벗어나 울이 있는 쪽으로 건너가보기로 했다. 처음에는 극도로 조심하며 전진했다. 바닥이 언뜻 보기에는 단단한 것 같았지만 질척거려 넘어지기 쉬웠기 때문이다. 하지만 마침내 나는 용기를 내어 다리에 힘을 주고 가능한 한 직선 거리를 유지하려고 노력하면서 울 쪽으로 다가갔다. 그렇게 열 걸음에서 열두 걸음쯤 걸었을까, 옷자락 끝이 다리 사이로 말려 들어가 발에 밟히는 바람에 나는 그만 앞으로 고꾸라져 얼굴을 심하게 찧고 말았다.

처음에는 넘어졌다는 데에만 정신이 팔려 다소 놀라운 상황을 즉각 알아차리지 못했다. 잠시 후 나는 여전히 엎어진 채로 내가 처한 상황을 따져보았다. 자초지종은 이랬다. 턱은 감옥 바닥에 닿아 있었지만 입술과 머리 윗부분은 턱과 거의 수평을 이루는데도 어디에도 닿아 있지 않았다. 그와 동시에 이마는 끈적거리는 증기 속에 잠겨 있는 것 같았다. 콧구멍으로는 썩은 균류 특유의 냄새가 올라왔다. 나는 팔을 내뻗어보았다. 순간 온몸이 부들부들 떨렸다. 알고 보니 내가 넘어진 곳은 바로 구렁의 가장자리였던 것이다. 물론 나에게는 구렁의 규모를 확인할 방법이 전혀 없었다. 나는 가장자리 바로 밑에 있는 벽을 손으로 더듬거리며 깨진 벽돌 부스러기를 겨우 하나 빼내 구렁 속으로 떨어뜨렸다. 벽돌 파편이 구렁 양옆 틈새에 부딪히며 내는 소리가 들려왔다. 얼마나 지났을까, 벽돌 파편이 마침내 물속으로 첨벙 떨어졌고, 뒤이어 메아리가 크게 울려 퍼졌다. 그와 동시에 머리 위에서 급하게 문을 여닫는 듯한 소리가 들렸다. 그리고 어둠 속에서 갑자기 희미한 빛이 비친다 싶더니 역시 갑자기 사라졌다.

나는 나를 기다리고 있던 운명을 분명히 보았다. 넘어졌으니 망정이지 하마터면 큰일 날 뻔했다. 나는 적시에 넘어져준 나 자신에게 감사했다. 넘어지지 않고 한 발만 더 내디뎠더라면 세상은 더이상 나를 보지 못했을 것이다. 방금 내가 피한 죽음은 종교 재판소에 관한 이야기 중에서 말도 안 된다고 생각했던 바로 그런 죽음이었다. 무소불위의 권력 앞에서 희생자들은 육체적으로 끔찍한 고통이 따르는 죽음과 정신적으로 끔찍한 고통이 따르는 죽음 중에서 선택해야 했다. 나에게는 후자의 죽음이 기다리고 있었다. 오랫동안 고통에 시달리다보니 신경이 약해질 대로 약해져 나 자신의 목소리에도 화들짝 놀라는 지경에 이르렀다. 모든 점에서 나는 나를 기다리는 고문에 딱 어울리는 대상으로 변해 있었다.

나는 사지를 부르르 떨며 길을 더듬어 벽이 있는 곳으로 돌아갔다. 우물의 위협을 무릅쓰느니 차라리 거기서 죽는 게 낫다고 판단했기 때문이다. 우물의 공포는 이제 나의 상상 속에서 지하 감옥 곳곳에 도사리고 있었다. 마음의 상태가 지금 같지 않았다면 용기를 내서 그런 심연 한 곳에 몸을 던져 나의 불행을 당장 끝냈을지도 모른다. 하지만 이제 나는 겁쟁이 중의 겁쟁이었다. 이 구렁에 관해 읽은 내용이 머릿속에서 떠나지 않았다. 그들의 가장 가공할 계획에 비하면 갑작스런 삶의 종결은 아무것도 아니라는 내용이.

정신이 산란해 몇 시간 동안 계속 깨어 있었지만 결국 다시 잠이 들었다. 잠에서 깨어나보니 내 옆에 전처럼 빵 한 덩이와 물주전자가 놓여 있었다. 타는 듯한 갈증에 나는 주전자를 단번에 비웠다. 그런데 물에 약을 탄 것이 분명했다. 물을 마시기가 무섭게 졸음이 쏟아졌기 때문이다. 깊은 잠, 죽음과도 같은 잠이 엄습했다. 내가 얼마나 잤는지는 물론 알지 못한다. 하지만 다시 눈을 떴을 때 주변의 사물들이 보이기 시작했다. 나는 출처를 알 수 없는 강렬한 빛의 도움을 받아 감옥의 규모와 형태를 파악할 수 있었다.

알고 보니 나는 감옥의 규모를 완전히 잘못 생각하고 있었다. 벽의 전체 둘레는 25미터를 채 넘지 않았다. 이러한 사실을 확인하고 나자 공연히 헛수고를 했다는 생각이 들었다. 정말이지 헛수고였다. 나를 둘러싼 그 끔찍한 상황 아래서 그보다 더 하찮은 일이 또 어디 있겠는가? 하지만 나의 영혼은 하찮은 일에 몰두했고, 나는 나대로 측정을 하면서 저지른 실수를 설명하느라 바빴다. 결국 진실이 이해되기 시작했다. 처음에 탐사에 나서고 나서 넘어지기 직전까지 내가 센 걸음은 쉰두 걸음이었다. 그러고 나서 넘어졌을 때 나는 헝겊 조각을 쑤셔 넣은 지점에서 겨우 한두 걸음밖에 떨어져 있지 않았던 것이 분명하다. 사실 그때 나는 지하 납골소 순회를 거의 끝낸 상태였다. 그러고 나서 잠이 들었고, 깨어나자마자 되돌아갔던 것이 분명하다. 그래서 벽의 둘레를 실제보다 두 배 높게 잡았던 것이다. 정신이 혼미한 탓에 탐사가 벽 왼쪽으로 시작해 오른쪽에서 끝났다는 사실을 미처 고려하지 못한 결과였다.

벽의 모양에 대해서도 잘못 짚고 있었기는 마찬가지였다. 길을 더듬어 나가면서 귀퉁이가 많이 만져졌기 때문에 상당히 들쭉날쭉할 것이라고 지레 판단해버린 결과였다. 혼수상태나 잠에서 깨어난 사람에게 칠흑 같은 어둠이 미치는 효과가 이렇게 클 줄이야! 귀퉁이라고 생각했던 부분은 간격 배치가 제멋대로인 벽감일 뿐이었다. 감옥은 전체적으로 사각형이었다.

벽돌이라고 생각했던 것은 이제 보니 커다란 금속판이었는데, 이음매가 움푹 들어가 있었다. 금속 울타리의 전체 표면은 수도사들의 으스스한 미신이 낳은 온갖 끔찍하고 역겨운 그림들로 도배되어 있었다. 무시무시한 악마의 형상과 해골을 비롯해 섬뜩한 형상들이 벽을 온통 흉측하게 뒤덮고 있었다. 이들 기괴한 괴물은 윤곽은 선명했지만 축축한 공기 탓인지 색깔은 바랜 듯 보였다. 이제 보니 바닥도 돌이었다. 중앙에는 내가 하마터면 빠질 뻔했던 구렁이 아가리를 쩍 벌리고 있었다. 하지만 나의 예상과 달리 감옥 안에 구렁은 그것 하나뿐이다.

나는 주의를 기울여가며 이 모든 것을 똑똑히 보았다. 잠을 자는 동안 나의 상황은 크게 바뀌어 있었다. 이제 나는 야트막한 나무틀 위에 등을 대고 길게 누워 있었다. 여기다 말뱃대끈처럼 생긴 기다란 가죽끈이 내 몸을 꽁꽁 묶고 있었다. 가죽끈은 머리와 왼손만 자유롭게 움직일 수 있도록 놔두고 내 사지와 몸통을 온통 감다시피 했다. 하지만 자유롭게 움직일 수 있다고 해봐야 바로 옆에 놓인 질그릇에서 가까스로 음식을 집어먹는 정도가 고작이었다. 그런데 주전자가 보이지 않았다. 나는 가슴이 철렁 내려앉았다. 참을 수 없는 갈증으로 목이 타는 듯했기 때문이다. 이 갈증은 심문자들이 나를 자극하기 위해 일부러 의도한 것 같았다. 접시의 음식이 양념을 듬뿍 넣어 조리한 고기였기 때문이다.

머리 위로 감옥의 천장이 눈에 들어왔다. 약 10미터 높이에 있는 천장은

건축 공법이 측벽과 매우 비슷했다. 철판 한 면을 차지하고 있는 매우 기이한 형상이 나의 관심을 온통 사로잡았다. 시간을 의인화해 그린 형상이었다. 언뜻 보기에 낫 대신 옛날 괘종시계에서 종종 볼 수 있는 거대한 진자를 들고 있다는 점을 제외하면 우리가 흔히 접하는 시간의 형상과 다를 바 없었다. 하지만 이 기계의 생김새에는 나의 주의를 더욱 끌어당기는 뭔가가 있었다. 나는 위를 똑바로 응시했다(그것이 바로 내 머리 위에 있었기 때문에). 나의 착각인지 진자가 움직이는 듯했다. 하지만 착각이 아니었다. 진자는 미세하게, 천천히 움직이고 있었다. 나는 두려움보다는 경이감에 휩싸여 몇 분 동안 진자를 관찰했다. 그러다 결국 진자의 지루한 움직임에 싫증이 났고, 그래서 감옥 안의 다른 물체들로 시선을 돌렸다.

약간 시끄러운 소리가 들려 아래를 내려다보니 거대한 쥐 몇 마리가 지그재그로 바닥을 가로질러 가는 모습이 눈에 들어왔다. 내 바로 오른쪽으로 보이는 우물에서 나온 녀석들이었다. 내가 내려다보는 중에도 녀석들은 고기 냄새를 맡고 탐욕스런 눈빛으로 떼를 지어 꾸역꾸역 나오고 있었다. 녀석들을 겁주어 쫓아버리는 데에는 상당히 많은 노력과 주의력이 필요했다.

그러고 나서 30분이 지났는지, 한 시간이 지났는지는 알 수 없다(순전히 부정확한 시간 개념에 의지하고 있었기 때문에). 어쨌든 나는 다시 머리 위로 시선을 집중했다. 잠시 후 나는 눈앞의 광경에 깜짝 놀랐다. 진자의 진동 폭이 거의 1미터로 늘어나 있었기 때문이다. 당연히 속도도 매우 빨라져 있었다. 하지만 무엇보다도 나를 혼란스럽게 했던 것은 진자의 위치가 눈에 띄게 밑으로 내려왔다는 점이었다. 나는 두려움에 떨며 그 모습을 관찰했다.

지옥의 극치는 초승달 모양에 끝에서 끝까지의 길이가 약 30센티미터인 반짝이는 금속의 형태를 띠고 있었다. 양쪽 끄트머리와 아래쪽 날이 모두 칼날처럼 날카로웠다. 끝에서부터 점점 가늘어지면서 윗부분이 견고하고 널따란 구조에 박혀 있다는 점도 칼과 비슷했다. 진자는 묵직한 놋쇠 막대에 매달린 가운데 쉿쉿 소리를 내며 공기를 갈랐다.

내게 예정된 운명은 수도사들이 고안한 고문이었다. 여기에는 더이상 의심의 여지가 없었다. 심문관들은 내가 심연을 어떻게 생각하는지 이미 알고 있었다. 심연에 대한 공포는 나처럼 대담하게 복종을 거부하는 사람들의 피할 수 없는 운명이었다. 심연은 지옥의 전형이었으며, 온갖 형벌이 기다리는 세계의 끝으로 알려져 있었다. 나는 이 심연에 빠질 뻔하다가 우연한 사고 덕분에 피할 수 있었다. 불시에 고통의 나락으로 떨어지는 것이 이 지하 감옥에서 이루어지는 그 모든 기괴한 죽음의 중요한 부분을 차지했다. 어쨌든 나는 떨어지지 않았고, 그렇다면 악마는 나를 나락으로 내던질 마음이 없다는 뜻이었다. 그리하여(달리 선택의 여지가 없었으므로) 좀 더 너그러운 파국이 나를 기다리고 있었던 것이다! 그런 말을 지금 같은 상황에 적용하게 되다니 쓴웃음이 나왔다.

죽음보다 더 두려운 그 기나긴 시간을 시시콜콜 이야기해봐야 무슨 소용이 있으랴? 그 시간을 나는 진자의 요란한 진동 소리를 세며 보냈다. 진자는 일종의 주기처럼 보이는 시간 간격을 유지하며 겨우 감지할 수 있을 만큼 서서히, 그러나 계속해서 차츰차츰 아래로 내려왔다!

며칠이 흘렀다. 어쩌면 더 많은 날이 지났을 수도 있었다. 진자는 이제 그 혹독한 숨결로 나의 간담을 서늘하게 할 만큼 내 위에 바짝 내려와 있었다. 날카로운 강철 냄새가 코를 찔렀다. 나는 진자가 좀더 빨리 내려오게 해달라는 기도로 하늘을 성가시게 했다. 나는 나날이 미쳐갔고, 휙휙 움직

이는 그 끔찍한 언월도를 향해 몸을 내던지지 못해 안달했다. 그러고 나서 갑자기 차분해진 느낌이 들었고, 나는 얌전히 누운 채 마치 진기한 장난감을 대하는 어린아이처럼 반짝이는 죽음에 미소 지었다.

다시 완전한 무의식 주기가 찾아왔다. 이번에는 간격이 짧았다. 다시 의식을 회복해보니 진자가 더이상 내려오지 않고 그 자리에 그대로 있었기 때문이다. 하지만 생각보다 긴 시간이었을 수도 있다. 악마들이 내가 기절했다는 것을 눈치 채고 기꺼이 진자의 진동을 멈추고도 남았기 때문이다. 의식이 돌아오자 뭐랄까, 마치 오랫동안 영양실조로 고생한 사람처럼 기운이 하나도 없었다. 그처럼 극심한 고뇌 속에서도 인간의 본능은 음식을 갈구했다. 나는 결박 상태가 허락하는 범위 내에서 왼팔을 최대한 뻗어 쥐들이 먹다 남긴 음식 부스러기를 가까스로 집었다. 부스러기를 입에 넣는 순간 기쁨 같기도 하고 희망 같기도 한 어설픈 생각이 뇌리를 스쳐 지나갔다. 하지만 내게 희망이 가당키나 하단 말인가? 방금 말한 대로 어설픈 생각일 뿐이었다. 인간의 생각은 대부분 그렇게 어설픈 법이다. 나는 그것이 기쁨이라고, 희망이라고 느꼈다. 하지만 구조상 그런 생각은 곧 사라지는 듯했다. 절반밖에 형성되지 않은 그 생각을 완성하려고, 순식간에 사라져버린 그 생각을 다시 찾으려고 애썼지만 헛수고였다. 고통을 오래 겪다보니 평소의 사고력이 모두 제 기능을 거의 잃어버렸다. 나는 바보천치나 다를 바 없었다.

내가 길게 누워 있는 방향을 기준으로 할 때 진자의 위치는 나와 수직을 이루고 있었다. 다시 말해 그 초승달 모양의 금속은 언젠가 내 심장이 있는 곳을 가로지르게 되어 있었다. 진자는 좌우로 움직이며 먼저 내가 걸치고 있는 넝마부터 서걱서걱 갈아댈 것이다. 10미터 가까이 되는 엄청나게 넓은 진동 폭과 내려올 때 쉿쉿거리는 굉음으로 미루어 강철 벽을 산산조각 내고도 남았지만 내 넝마를 완전히 결딴내려면 그래도 몇 분은 족히 걸릴 터였다. 이 생각에서 나는 멈추었다. 더이상은 감히 생각할 수 없었다. 나는 그 생각에 골몰했다. 그렇게 깊이 생각하면 이 지점에서 진자를 멈출 수 있기라도 한 듯이. 초승달이 내 옷에 스칠 때 날 소리를, 그 마찰음이 나의 신경에 가할 끔찍한 느낌을 떠올리려 안간힘을 썼다. 이 경박한 생각에 어찌나 몰두했던지 나중에는 이가 다 갈릴 지경이었다.

진자는 아래로, 스르르 꾸준히 내려왔다. 진자의 하강 속도와 진동 속도를 계산하며 나는 미친 듯이 쾌재를 불렀다. 진자는 저주받은 영혼의 비명을 토해내며 호랑이처럼 은밀하게 오른쪽에서, 그런가 하면 다시 왼쪽에서 내 심장을 노렸다! 이런저런 생각이 분명해지면서 나는 웃다가 악을 써대기를 반복했다.

아래로, 분명히, 한 치의 동요도 없이 아래로! 진자는 이제 내 가슴팍에서 불과 3인치 떨어진 곳에서 진동했다. 나는 왼팔을 빼내려고 발버둥쳤다. 왼팔은 팔꿈치에서 손까지만 자유로웠다. 손은 내 옆에 놓인 접시에서 입

까지만 닿을 뿐 더이상 멀리 나가지 못했다. 그마저도 엄청난 노력을 기울여야 가능했다. 팔꿈치 위쪽의 잠금쇠를 부술 수만 있다면 진자를 붙잡아 꼼짝 못하게 하련만. 차라리 눈사태를 막을 생각을 하는 게 나을 터였다!

아래로, 여전히 끊임없이, 여전히 일말의 망설임도 없이 아래로! 나는 진자가 좌우로 왔다갔다할 때마다 헐떡거리며 몸부림쳤다. 그것이 진동할 때마다 나도 모르게 온몸이 부르르 떨렸다. 나의 두 눈은 부질없게도 하나라도 놓칠세라 진자의 움직임을 열심히 좇았다. 그러다 진자가 내려오기라도 하면 눈꺼풀이 부르르 떨리면서 저절로 눈이 감겼다. 하지만 죽음은 안식일진대, 아, 이 얼마나 말이 안 되는 일인가! 그렇지만 기계의 힘이 조금만 약해져도 그 예리하고 번쩍이는 도끼가 여지없이 내 가슴팍에 떨어질 것이라고 생각하면 온몸의 신경이 곤두섰다. 나의 신경을 곤두서게 하는 것은, 나의 몸을 떨게 만드는 것은 다름 아닌 희망이었다. 종교 재판소의 지하 감옥에 갇힌 사형수에게 속삭이는 그것의 정체는 바로 희망, 고문에도 아랑곳하지 않는 희망이었다.

관찰 결과 열두어 번만 더 진동하면 강철 칼날이 실제로 내 옷에 닿을 터였다. 그런 결론에 이르자 갑자기 포기가 찾아오면서 마음이 오히려 차분해졌다. 몇 시간 만에, 어쩌면 며칠 만에 처음으로 나는 생각이라는 것을 했다. 나를 에워싸고 있는 붕대 또는 끈이 단 하나라는 생각이 갑자기 들었다. 나를 묶고 있는 밧줄은 정말 하나였다. 언월도가 맨 먼저 끈에 닿는 순

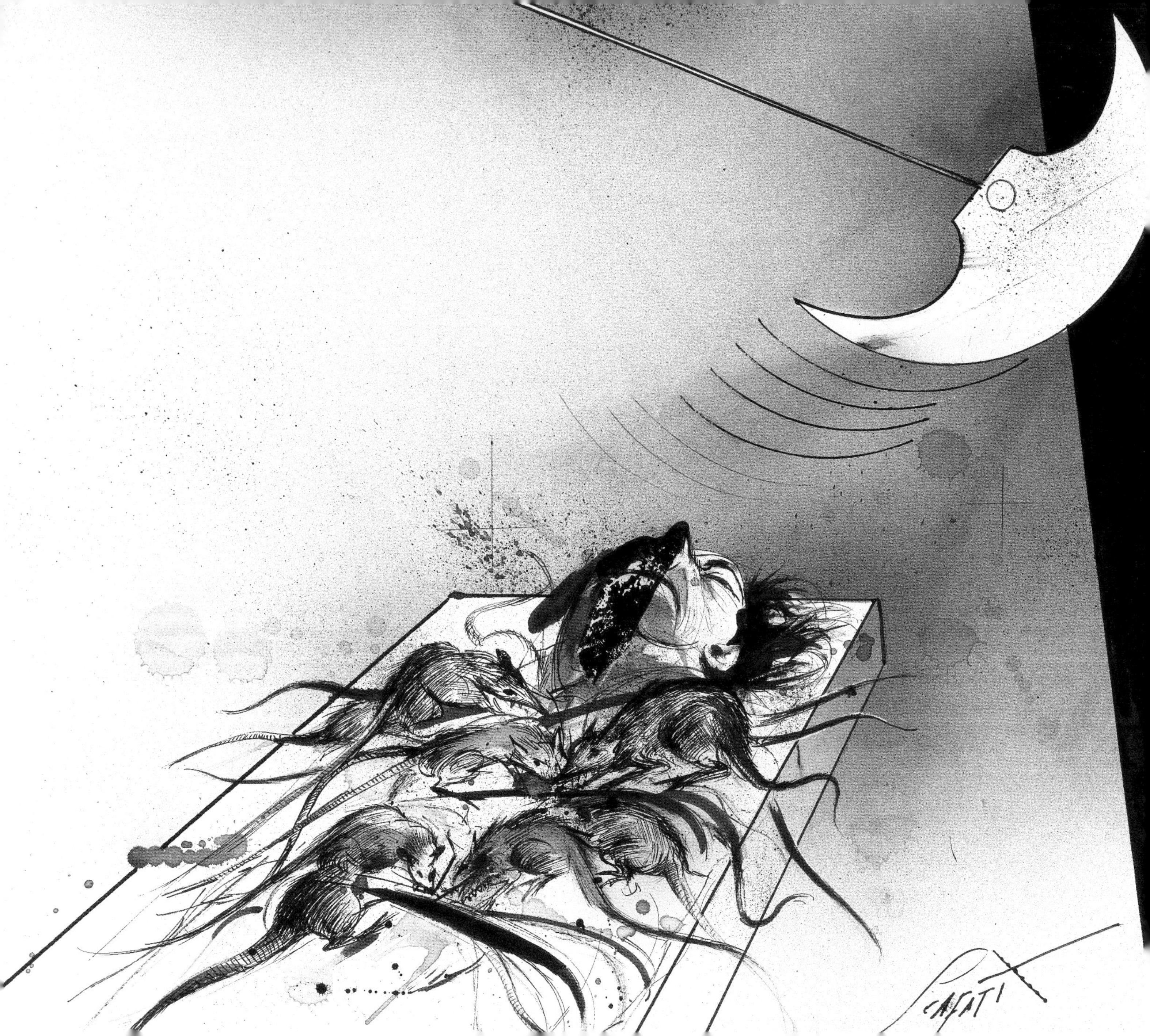

간 칼날에 닿은 부분이 떨어져 나갈 테고, 그러면 왼손을 이용해 끈을 풀수 있을 것 같았다. 하지만 그 경우 칼날이 바로 코앞까지 왔다는 소리가되는데, 아! 생각만 해도 얼마나 오싹한지! 조금만 몸을 움직여도 그 결과는 바로 죽음이었다! 더욱이 고문자의 앞잡이들이 이런 가능성을 미리 내다보고 대책을 세워놓았다면? 나의 가슴을 가로지른 끈이 진자의 경로에포함된다면? 나의 희미한 희망이, 나의 마지막 희망이 무산될지도 모른다는 두려움에 떨며 나는 고개를 최대한 들고 가슴 상태를 살폈다. 끈은 사방에서 나의 사지와 몸통을 싸매고 있었다. 단, 진자의 경로는 제외하고.

원래의 위치로 고개를 떨어뜨리자마자 일전에 스치듯 언급했던 어설픈생각이, 그러니까 타는 듯한 입술에 음식을 가져갈 때 절반만 형성된 채로나의 머릿속에서 막연하게 떠다니던 바로 그 생각이 문득 뇌리를 스쳤다. 이제 그 생각은 온전히 모습을 드러냈다. 희미하긴 했지만 그래도 온전했다. 나는 절망에 겨워 조바심을 치며 당장 그 생각을 실행에 옮기기로 했다.

내가 누워 있는 야트막한 나무틀 바로 곁은 몇 시간 동안 그야말로 쥐들로 들끓고 있었다. 놈들은 사납고 뻔뻔하고 탐욕스러웠다. 마치 내 쪽에서조금만 움직임이 없어도 곧바로 달려들어 먹어치우겠다는 듯 그 시뻘건 눈깔로 나를 노려보고 있었다. 나는 생각했다. '우물에서 놈들은 뭘 먹어왔을까?'

내가 아무리 저지해도 놈들은 부스러기만 남긴 채 내 접시의 음식을 게

걸스럽게 먹어치우곤 했다. 그때마다 나는 상하 좌우로 손을 휘휘 내저으
며 접시를 지키려고 했지만 무의식으로 굳어진 이러한 동작은 아무 효과가
없었다. 놈들은 식탐을 주체하지 못하고 날카로운 이빨을 종종 내 손가락
에 갖다 대기도 했다. 나는 남아 있는 고기 부스러기로 손이 닿는 범위 안
에서 최대한 골고루 끈을 문질렀다. 그리고 나서 손을 제자리에 두고 숨을
죽였다.

　처음에 쥐들은 변화, 곧 동작의 중단에 깜짝 놀라며 겁을 집어먹고 뒤로
물러났다. 우물을 찾는 놈들도 많았다. 하지만 이러한 반응은 잠시뿐이었
다. 놈들은 내가 생각했던 것보다 훨씬 더 탐욕스러웠다. 내가 미동도 없이
가만히 있는 것을 보자 무리 중 가장 대담한 놈 한두 마리가 나무틀 위로
뛰어올라 끈 냄새를 맡았다. 이를 신호로 곧이어 다들 달려들었다. 우물에
서 네번째 무리가 새로 군단을 형성해 부리나케 달려왔다. 수백 마리가 나
무틀을 기어올라 내 몸 위로 뛰어들었다. 진자의 운동은 놈들에게 전혀 방
해가 되지 않았다. 움직임이 일정했기 때문이다. 놈들은 진자의 일격을 피
해 고기즙을 바른 끈을 부지런히 쏠아댔다. 내 몸은 점점 더 많은 쥐들로
뒤덮였다. 놈들은 이제 내 목 위에서 버둥거렸다. 놈들의 차가운 입술이 내
입술에 닿았다. 갈수록 늘어나는 쥐 떼가 가하는 압력 때문에 숨이 다 막힐
지경이었다. 역겹다고밖에는 표현할 길 없는 감정이 가슴 가득 밀려왔고,
말할 수 없이 축축한 느낌 때문에 소름이 끼쳤다. 하지만 1분이었다, 1분

이면 싸움은 끝날 듯했다. 확실히 끈이 느슨해지는 게 감지되었다. 한 군데 이상은 이미 끊어진 것 같았다. 나는 인간의 한계를 넘어서는 의지력을 발휘해 꼼짝도 하지 않았다.

내 계산은 틀리지 않았으며, 나의 인내 또한 헛되지 않았다. 드디어 자유로운 느낌이 들었다. 끈은 내 몸에서 풀려 리본처럼 늘어져 있었다. 하지만 진자가 이미 내 가슴을 짓눌렀다. 진자의 움직임에 나의 넝마는 두 동강이 났다. 진자는 속옷까지 뚫고 들어왔다. 진자는 두 번 더 왕복 운동을 했고, 날카로운 통증의 느낌이 온 신경을 파고들었다. 하지만 탈출의 순간이 도래했다. 내가 손을 내젓자 나의 구조자들은 너도나도 앞 다투어 황급히 사라졌다. 조심스럽게, 옆으로, 부르르 떨면서, 천천히 나는 끈의 품에서 빠져나왔다. 그 순간만큼은 적어도 나는 자유로웠다.

자유롭다니! 종교 재판소의 손아귀 안에서?! 그 끔찍한 나무틀에서 내려와 감옥의 돌바닥에 발을 내딛는 순간 기계의 움직임이 멈췄다. 어떤 보이지 않는 힘이 진자를 위로 끌어당기는 광경을 나는 똑똑히 보았다. 이것은 내가 가슴 깊이 새겨야 했던 교훈이었다. 의심의 여지 없이 나의 일거수일투족이 감시당하고 있었다. 자유롭다니! 나는 죽음보다 더한 고통에 넘겨지기 위해 고통의 한 형태인 죽음에서 탈출했을 뿐이었다.

그런 생각을 하면서 나는 나를 에워싼 철의 장벽을 초조하게 둘러보았다. 확실히 파악할 수는 없었지만 뭔가 이상한 점이, 언뜻 보기에 어떤 변화가 분명히 일어나 있었다. 나는 잠시 꿈을 꾸듯 몽롱한 상태로 두서없이 이리저리 생각을 끼워 맞추느라 여념이 없었다. 그러다 처음으로 감옥을 비추는 눈부신 빛의 출처를 깨달았다. 빛은 약 1센티미터 너비의 틈새에서 나와 벽 아래쪽에 있는 감옥 전체를 돌아가며 비추고 있었다. 그래서 벽이 바닥과 완전히 분리된 것처럼 보였던 것이다. 틈새 안을 살피려고 무진 애를 썼지만 헛수고였다.

고개를 드는 순간 이러한 변화의 비밀이 갑자기 이해되었다. 전에 내가 관찰한 바에 따르면 벽에 그려진 형상들은 윤곽은 뚜렷했지만 색깔은 흐릿해 보였다. 그런데 지금은 색깔이 아주 강렬하고 선명해져 있었다. 게다가 시시각각 명도와 채도를 더해나가고 있었다. 그 결과 그림의 형상들은 나의 담력이 지금보다 훨씬 더 세진다 해도 간담이 서늘해질 수밖에 없을 만큼 괴기스럽고 사악해 보였다. 소름 끼칠 만큼 생기와 활기가 도는 악마의 눈이 천 군데의 방향에서 나를 쏘아보았다. 불타는 욕정으로 이글거리는 그 눈은 너무나 실제 같아서 나의 의식이 아무리 진짜가 아니라고 부인해도 나의 상상력은 받아들이지 않았다.

실제가 아니라니! 공기를 들이마시는 순간 쇠를 달굴 때 나는 냄새가 코를 찔렀다. 숨을 턱턱 막히게 하는 그 냄새는 감옥 전체에 스며들었다! 악마의 눈은 매 순간 더욱 빛을 발하면서 괴로워하는 나의 모습을 지켜보았다! 갈수록 그림의 핏빛도 더욱 강해졌다. 숨을 쉴 수가 없었다! 숨이 턱까지 차올랐다! 나의 고문자들의 의도에는 의심의 여지가 없었다. 아! 인간을 통틀어 가장 인정머리 없고 악랄한 자들! 나는 이글거리는 철판을 피해 감옥 중앙으로 뒷걸음질했다. 임박한 화형을 생각하는 와중에 우물은 차갑다는 생각이 문득 떠올랐다. 나는 그 위험한 가장자리로 달려갔다. 그리고 눈을 크게 뜨고 아래를 내려다보았다. 달궈진 지붕에서 나오는 빛이 우물의 가장 깊숙한 곳까지 비추었다. 하지만 나의 정신은 내가 본 것의 의미를 납득하려 하지 않았다. 결국 내가 본 그것은 억지로 나의 영혼 속으로 비집고 들어와 소스라치는 나의 이성 위에서 스스로 타올랐다. 아! 무슨 말을 하랴! 이보다 더한 공포가 어디 있겠는가! 나는 비명을 지르며 가장자리에서 물러났다. 그리고 두 손에 얼굴을 파묻고 통곡했다.

주위가 갑자기 더 뜨거워졌다. 나는 오한이 든 사람처럼 덜덜 떨며 또 한 번 위를 올려다보았다. 감옥에 두번째 변화가 있었다. 형태의 변화였다. 전처럼 이번에도 처음에는 일어나고 있는 현상을 파악하거나 이해하려고 노력했지만 부질없었다. 하지만 의심에 빠져 있던 시간은 얼마 되지 않았다. 두 차례에 걸친 나의 탈출 시도로 종교 재판소가 서둘러 복수에 나섰던 것이다. 심판관들은 이제 더이상은 나를 가지고 희롱할 마음이 없었다.

방은 사각형이었다. 철벽 모서리 가운데 두 곳은 예각이었다. 따라서 나머지 두 곳은 당연히 둔각이었다. 낮게 덜거덕거리는 소리 같기도 하고 탄식하는 소리 같기도 한 소리와 함께 그 무서운 차이가 점점 커졌다. 곧이어

방은 마름모꼴로 형태가 바뀌었다. 하지만 변화는 거기서 그치지 않았다. 나는 변화가 멈추기를 희망하지도 바라지도 않았다. 시뻘건 벽을 껴안아 영원한 평화에 들어가는 게 차라리 낫겠다는 생각이 들었다. 나는 소리쳤다. "구렁의 죽음이 아니면 어떤 죽음이든 상관없다!"

이렇게 어리석을 수가! 불타는 철판의 목적이 나를 구렁에 밀어 넣으려는 데 있다는 것을 어떻게 모를 수 있단 말인가? 그렇다고는 해도 그 열기를 참을 수 있을까? 설령 열기는 참아낸다 해도 압력은 또 어떻게 참아낼 것인가?

이제 마름모는 더이상 생각할 시간이 없을 만큼 빠른 속도로 점점 더 편평해졌다. 폭이 가장 넓은 중앙은 물론 아가리를 벌린 구렁으로 바로 연결되었다. 나는 뒤로 물러났지만 벽은 사방에서 좁혀오며 저항할 수 없게 나를 계속 짓눌렀다.

VENERATVS

불에 그슬린 채 고통에 겨워 벌레처럼 꿈틀대는 나의 몸뚱어리가 있을 곳은 이제 감옥 바닥의 1인치도 채 되지 않는 공간밖에 없었다. 나는 더이상 몸부림치지 않았지만 내 영혼은 고통을 참지 못하고 크고 긴 마지막 절망의 비명을 토해냈다. 내가 구렁 가장자리 위에서 비틀대는 게 느껴졌다. 나는 눈을 돌렸다.

수많은 인간의 목소리가 귀에 거슬리는 불협화음을 내며 들려왔다. 트럼펫 여러 대가 합주하는 듯한 요란한 파열음이 들려왔다. 천둥 천 개에 해당하는 무시무시한 굉음이 들려왔다. 불타는 벽은 빠르게 뒤로 물러났다! 정신을 잃고 구렁으로 떨어지려는 순간, 팔 하나가 불쑥 앞으로 나와 내 팔을 잡았다. 라살 장군의 팔이었다. 프랑스 군이 톨레도에 입성했던 것이다. 종교 재판소는 적의 수중에 떨어졌다.

때 이른 매장

관심을 사로잡긴 하지만 허구의 정당성을 확보하기엔 너무나 소름끼치는 이야기들이 더러 있다. 독자를 불쾌하게 만들거나 역겹게 할 의도가 있다면 모를까, 그렇지 않다면 소설가는 이런 이야기를 피해야 한다. 이런 이야기들은 진리의 엄정성과 권위가 뒷받침될 때에만 비로소 타당성을 획득한다. 예를 들어 우리는 나폴레옹 군대의 베레지나 강 도하, 리스본 지진, 런던에 창궐한 페스트, 성 바르톨로메오 축일에 일어난 학살, 죄수 123명의 목숨을 앗아간 캘커타(지금의 콜카타) 형무소 폭동을 다룬 기사를 보고 '흡족한 고통'을 한껏 느끼며 전율한다. 하지만 이런 기사는 사실을 담고 있다. 만약 꾸며낸 이야기라면 그저 혐오감만 줄 뿐이다.

　나는 역사상 가장 눈에 띄는 재난 가운데 몇 가지를 언급했다. 하지만 이 사건들에서 재앙의 정도는 재앙의 성격 못지않게 상상력에 활기를 불어넣는다. 인간의 비극을 기록한 장황하고도 기괴한 목록에서 방금 위에서 열거한 사건을 선별한 기준은 재앙의 보편성보다는 재앙에 수반될 수밖에 없는 고통이라는 점을 독자에게 굳이 상기시킬 필요는 없을 것 같다. 고통의 끝이라고 할 수 있는 진정한 불행은 그 자체로 이목을 집중시킨다. 그 무시무시한 극한의 고통을 견뎌내는 주체는 전체로서의 인간이 아니라 개인으로서의 인간이다. 그런 점에서 우리는 자비로운 하느님께 감사해야 한다!

　산 채로 매장당한다는 것은 지금까지 인간에게 떨어진 이런 극한의 운명 중에서도 가장 끔찍한 운명이다. 생각 있는 사람이라면 그런 일이 자주, 너무도 자주 일어난다는 것을 부인하기 어려울 것이다. 삶과 죽음을 구분하는 경계는 그림자처럼 모호할 뿐이다. 어디서 삶이 끝나고 어디서 죽음이 시작되는지 과연 누가 말할 수 있겠는가?

　우리는 생명의 기능이 완전히 정지되는 병이 있다는 것을 알고 있다. 하지만 이러한 정지 상태 가운데는 '유보'라고 부르는 편이 좀더 타당할 듯한 상태도 있다. 유보란 우리의 능력으로는 이해할 수 없는 생체 구조가 잠시 활동을 멈추는 상태를 말한다. 그러다 일정한 기간이 경과하면 어떤 보이지 않는 신비한 원리가 마법의 날개와 요술 지팡이를 다시 작동시킨다. 은빛 밧줄도 느슨해지지 않았고, 금빛 사발도 그리 심하게 부서지지 않았다. 하지만 그사이 영혼은 어디에 있었던 말인가?

　인과관계라는 피할 수 없는 결론, 다시 말해 원인이 있으면 그에 상응하는 결과가 있기 마련이라는 선험 명제를 떠나 생명력의 유보라는 이런 상태가 발생할 경우에는 종종 때 이른 매장을 불러올 수밖에 없다. 이는 단지 추측이 아니라 일반인은 물론이고 의사들의 경험을 통해서도 확인된 사실이다. 때 이른 매장이 실제로 자주 일어난다는 사실을 뒷받침하는 증거가 수도 없이 많다. 필요하다면 이 자리에서 인증된 사례를 백여 건은 댈 수 있다. 그런 사건 가운데 성격이 매우 특이하고 몇몇 독자들에게는 주변 상황이 상당히 생소할 수도 있는 사례가 얼마 전 이웃 도시 볼티모어에서 발생했다. 그 사건은 도시 전체에 안타까우면서도 강렬한 흥미를 불러일으켰다.

　걸출한 변호사이자 국회의원이기도 한 어느 유력 인사의 아내가 갑자기 원인 모를 병에 걸렸다. 이 병에는 의사들의 기술도 소용이 없었다. 그녀는 몹시 고통스러워하다가 사망했다. 아니, 사망했다고 여겨졌다. 다들 그녀의 죽음을 기정사실로 받아들였다. 다시 말해 그녀가 실은 죽지 않았다고 생각할 만한 이유를 들이대는 사람은 아무도 없었다. 그녀는 흔히들 말하는 죽음의 징후를 모두 보여주었다. 우선 뺨이 움푹 들어가고 수척했다. 입술은 핏기 하나 없이 해쓱했다. 눈도 광채를 잃었다. 몸도 차가웠다. 물론 맥박도 멈추었다. 시신은 사흘 동안 매장되지 않은 채로 보존되었고, 그사이 돌처럼 딱딱하게 굳었다. 시체가 굳는다는 것은 곧이어 부패가 진행된다는 뜻이다. 그리하여 서둘러 장례가 치러졌다.

　시신은 가족 납골당에 안치되었고, 그후로 3년 동안 아무런 방해도 받지 않았다. 3년이 지나 석관으로 옮기기 위해 납골당 문을 열었다. 그런데, 이럴 수가! 혼자 문을 연 남편에게 얼마나 끔찍한 충격이 기다리고 있었던지! 놀라서 문을 도로 닫는 순간 흰옷 입은 물체가 삐거덕거리며 그의 팔 안으로 떨어졌다. 아내의 해골이었다. 그런데 해골을 감싸고 있는 수의는 여전히 썩지 않은 상태였다.

　자세히 조사해보니 매장 후 이틀 만에 그녀가 다시 살아났다는 점이 분명해졌다. 살아나자마자 그녀는 관 속에서 몸부림쳤고, 그 바람에 관이 선반에서 바닥으로 떨어져 부서졌다. 덕분에 그녀는 관에서 나올 수 있었다. 매장 당시 우연히 무덤에 두고 나왔던 등잔은 원래 기름이 가득 들어 있었다. 하지만 텅 빈 채로 발견되었다. 물론 증발 작용으로 기름이 말라버렸을 수도 있다. 관이 있던 방으로 내려가는 계단 맨 위에는 부서진 관 잔해가 놓여 있었는데, 아마도 그 잔해로 철문을 두드려 관

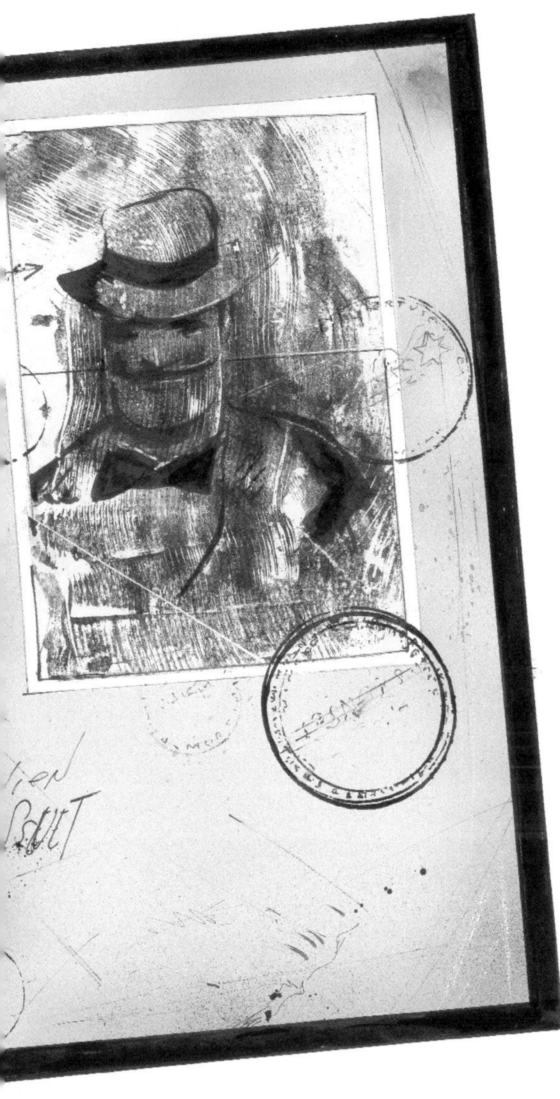

심을 끌려고 무진 애를 썼던 것 같다. 그런 가운데 극도의 공포를 견디지 못하고 그녀는 정신을 잃었거나 죽었을 것이다. 그리고 쓰러지면서 수의가 문 안쪽에 튀어나와 있던 못 같은 데 걸렸고, 그렇게 해서 그녀는 꼿꼿하게 선 자세로 부패했던 것이다.

1810년 프랑스에서도 생매장 사례가 있었는데, 이 경우에도 사실이 허구보다 더 이상하다는 주장에 무게를 실어줄 만큼 주변 상황이 특이했다.

이야기의 여주인공은 빅토린 라푸르카드라는 이름의 아가씨이다. 그녀는 쟁쟁한 집안 출신에 물려받은 재산도 많고 미모도 출중했다. 그녀에게 반해 구애하는 뭇 남성들 가운데 쥘리앵 보쉬에라는 파리의 가난한 문학청년이 있었다. 그의 재능과 온화한 성품은 상속녀의 관심을 끌기에 충분했다. 그녀는 진심으로 그를 사랑하는 듯했다. 하지만 자신의 태생에 자부심이 대단했던 그녀는 결국 그를 걷어차고 은행가이자 이름이 꽤 알려진 외교관인 르넬이라는 남자와 결혼했다. 하지만 결혼 후 이 신사는 그녀를 소홀히 대했을 뿐만 아니라 학대까지 일

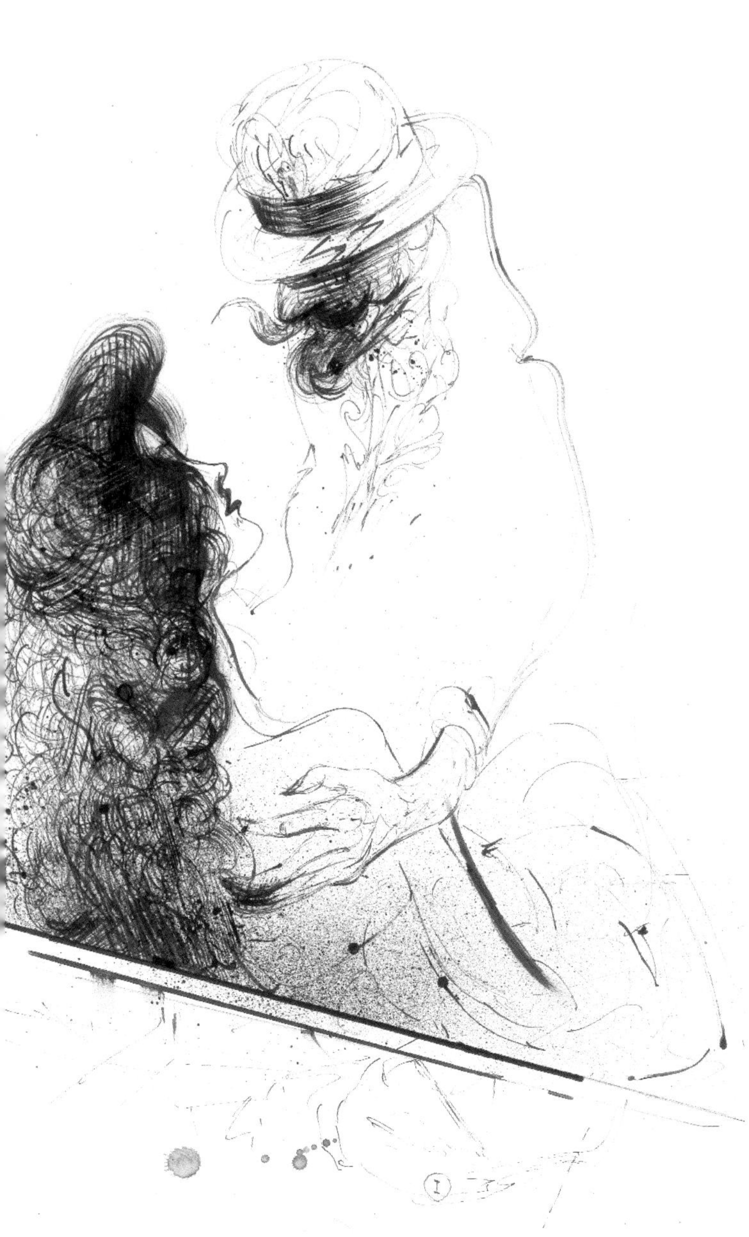

삼았다. 비참한 결혼 생활을 몇 년 지속하다 그녀는 사망했다. 좀더 정확히 말하면 그녀의 상태는 그녀를 본 사람들을 모두 속일 만큼 죽음과 매우 흡사했다.

그녀는 지하 납골당이 아닌 그녀의 고향 마을에 있는 공동 묘지에 묻혔다.

절망에 휩싸인 가운데서도 깊은 애정의 기억에 여전히 피가 끓는 그녀의 옛 애인은 시신을 발굴해 생전에 탐스러웠던 그녀의 머리칼을 차지하겠다는 다소 낭만적인 목적을 띠고 파리에서 그 마을이 있는 먼 지방으로 떠나 무덤에 도착한다. 한밤중에 그가 관을 파내 뚜껑을 열고는 막 머리칼을 자르려는 찰나 시신이 눈을 번쩍 뜬다. 사실 그 여자는 산 채로 매장당했다. 생명이 아직 모두 빠져나가지 않은 상태에서 연인의 손길이 닿자 죽음으로 오인받았던 혼수상태에서 깨어났던 것이다. 그는 부리나케 그녀를 들춰 업고 마을에 있는 자신의 숙소로 돌아왔고, 적지 않은 의학 지식에 기대어 강력한 강장제를 제조했다. 다행히 그녀는 소생했고 생명의 은인을 알아보았다. 그와 함께 지내면서 그녀는 서서히 차도를 보였고, 마침내 원래의 건강 상태를 완전히 회복했다. 그녀의 여심女心은 처음부터 그리 단단하지 않았고, 이 마지막 사랑의 교훈은 그런 여심을 녹이기에 충분했다. 그녀는 보쉬에게 마음을 주었고, 남편에게 돌아가지 않았다. 자신의 소생 사실을 남편에게 숨긴 채 연인과 함께 미국으로 달아났다.

그러고 나서 20년 후 두 사람은 다시 프랑스로 돌아왔다. 세월이 그녀의 외모를 너무나 크게 바꿔놓아 지인들 중 아무도 그녀를 알아보지 못할 것이라는 판단에서였다. 하지만 그런 생각은 착각이었다. 르넬이 그녀를 보자마자 단박에 알아보고 자기 아내라고 주장했기 때문이다. 그녀는 이러한 주장을 일축했다. 법원도 그녀의 편을 들어 상황이 특수한 데나 시간이 오래 경과해 정당성으로나 법률상으로나 남편의 권리가 소멸되었다는 판결을 내렸다.

미국 서점상들이 번역해서 다시 발행할 만큼 높은 권위와 명망을 자랑하는 라이프치히의 『외과학회보』 최근호에 이 비슷한 성격의 아주 안타까운 사건이 소개되었다.

건장한 체격에 누구보다도 건강을 자신하는 한 포병 장교가 통제 불능의 사나운 말에서 떨어져 머리에 매우 심각한 타박상을 입고 그 자리에서 의식을 잃었다. 하지만 두개골이 살짝 금이 갔다는 점만 빼면 다급한 상황은 아니었다. 두개골 수술은 성공리에 끝났다. 그는 피를 흘렸고, 그 외 회복에 필요한 조치들이 취해졌다. 하지만 시간이 지날수록 그는 인사불성이라는 가망 없는 상태에 점점 빠져들었고, 마침내 사망 판정을 받았다.

날씨가 따뜻해 그는 서둘러 공동 묘지에 매장되었다. 장례식을 치른 날은 목요일이었다. 그리고 나서 토요일, 공동 묘지는 평소처럼 방문객들로 가득 넘쳐났다. 그런데 정오 무렵 사람들 사이에서 큰 동요가 일었다. 장교의 무덤 근처에 앉아 있던 한 농부가 밑에서 무슨 난리라도 난 듯 땅이 들썩거리는 것을 분명히 느꼈다고 단언하고 나섰기 때문이다. 처음에는 이런 주장이 거의 관심을 끌지 못했지만, 두려워하는 기색이 역력한 가운데 자기 이야기를 믿어달라고 끈덕지게 우기는 그의 모습에 사람들도 결국 반응을 보였다. 급히 삽을 구해왔고, 낯 뜨거울 만큼 무덤이 얕았던지라 불과 몇 분 만에 무덤 주인의 머리가 드러났다. 그때만 해도 그는 죽은 것처럼 보였다. 하지만 그는 관 안에서 거의 꼿꼿한 자세로 앉아 있었고, 그의 격렬한 몸부림에 관 뚜껑이 약간 들려 있었다.

그는 곧바로 가까운 병원으로 옮겨졌고, 거기서 가사 상태이긴 하지만 아직 살아 있다는 진단을 받았다. 몇 시간 후 그는 다시 살아나 지인들을 알아보았고, 아직은 어눌한 말투로 무덤에서의 끔찍한 경험을 설명했다.

그의 이야기를 종합해보면 그는 혼수상태에 빠지기 전 무덤에서 한 시간 넘게 의식이 있었던 것이 분명했다. 무덤을 대충 메운 흙은 다공성 강한 토양이었다. 다시 말해 공기가 웬만큼 통했다는 얘기다. 그는 머리 위에서 사람들의 발소리를 듣고 자신의 존재를 알리려고 발버둥쳤다. 그는 주변의 소음 때문에 깊은 잠에서 깨어났으며, 의식이 돌아오자마자 자신의 끔찍한 처지를 완전히 알아차리게 되었다고 말했다.

이 환자는 병세가 호전되어 결국 완전히 회복된 것처럼 보였지만 엉터리 의학 실험의 희생자가 되고 말았다. 갈바니전지*를 대자 그런 경우에 흔히 수반되는 발작성 황홀경 상태에 빠져 그는 갑자기 숨을 거두었다.

이왕 갈바니전지 얘기가 나왔으니 매우 특이하고 유명한 사건을 또 하나 소개할까 한다. 이번에는 전지가 이틀 동안 묻혀 있던 런던의 한 젊은 변호사를 되살려내 소생 수단으로서의 역할을 톡톡히 해냈다. 1831년에 발생한 이 사건은 그 당시 어딜 가나 대화의 주제로 떠오를 정도로 아주 깊은 반향을 불러일으켰다.

에드워드 스테이플턴은 언뜻 보기에 발진 티푸스로 사망했다. 그런데 동반된 증상이 의사들의 호기심을 자극할 만큼 이례적이었다. 그가 사망하자 그의 친구들은 부검 동의서에 서명해달라는 요청을 받았지만 거절했다.

---

* 여러 종류의 다른 전도체가 직렬로 연결되어, 그 중 적어도 한 개는 전해질 또는 그 용액이 되고 양 끝의 화학적 조성이 같은 계(系)로 되는 전지.

A
B

요청이 거부당하자 그런 경우 흔히 그렇듯이 의사들은 시체를 몰래 발굴해 천천히 해부하기로 했다. 런던에는 시체 도굴꾼이 넘쳐나기 때문에 별로 어렵지 않은 일이었다. 장례가 끝나고 사흘째 되는 날 밤 약 2미터 깊이의 무덤에서 문제의 시신이 파헤쳐져 어느 개인 병원의 수술실로 옮겨졌다.

의사들은 먼저 복부부터 약간 절개했다. 그런데 시체가 부패된 곳 하나 없이 너무도 멀쩡했기 때문에 전지로 충격을 가해보기로 했다. 실험에 이어 또 실험이 이어졌고, 어떤 면에서도 특이할 만한 결과는 일어나지 않았다. 단, 살아 있는 상태로 간주되고도 남을 만큼 심한 경련이 한두 번 있었다는 점은 예외였다.

야심한 시각이었다. 곧 동이 트려 하고 있었다. 해부를 빨리 진행해야 했다. 하지만 학생 한 명이 자신의 이론을 시험하고 싶다면서 흉부 근육에 전지를 갖다 대보자고 주장했다. 의사들은 가슴을 절개하고 서둘러 전선을 연결했다. 그러자 환자는 수술대에서 벌떡 일어나 방 한가운데로 걸어나가더니 불안한 눈으로 잠시 주변을 둘러보고 나서 입을 열었다. 무슨 말인지 알아들을 수는 없었지만 분명히 단어를 내뱉었다. 발음도 정확했다. 그는 말하는 도중에 바닥에 쿵 쓰러졌다.

다들 너무나 놀라 잠시 마비된 듯 그 자리에 얼어붙었다. 하지만 상황이 워낙 다급한지라 곧 정신을 추슬렀다. 스테이플턴은 기절했던 것일 뿐 살아 있었다. 일단 소생하고 나자 그는 빠르게 건강을 회복해 친구들 품으로 돌아갔다. 하지만 친구들은 재발 가능성이 완전히 사라질 때까지 그의 소생 사실을 숨겼다. 그들이 얼마나 놀랐을지 충분히 상상이 간다.

하지만 이 사건을 통틀어 가장 흥미롭고도 특이한 점은 스테이플턴 본인의 입에서 나온다. 그는 자신은 완전히 의식을 잃은 적이 한순간도 없었다고, 흐릿하긴 하지만 의사들에게 사망 선고를 받은 순간부터 기절해서 병원 바닥에 쓰러지는 순간에 이르기까지 자신에게 일어난 일을 빠짐없이 기억한다고 주장한다. 자신이 해부실에 있다는 것을 알아챈 순간 그가 그토록 힘들여 내뱉으려고 했던 말은 "나는 살아 있다"였다.

이와 같은 사례를 더 열거할 수도 있지만 삼가련다. 때 이른 매장이 일어난다는 사실을 확증할 필요가 없기 때문이다. 사건의 성격상 때 이른 매장인지 아닌지를 판단할 능력이 우리에게는 거의 없다는 점을 고려할 때, 우리가 모르는 가운데 그런 사례가 빈번하게 일어날 수 있다는 점을 인정해야 한다. 사실 최악의 사태가 의심스러워 시체가 제자리에 있나 없나 확인하려고 무덤을 파헤치는 일은 거의 없다.

그런 의심도 끔찍하지만 그 운명은 훨씬 더 끔찍하다! 산 채로 매장당하는 경우처럼 육체와 정신에 극도의 고통을 가하는 사건은 없다고 단언해도 무방할 것이다. 참을 수 없는 폐의 압박감, 축축한 땅에서 올라오는 답답한 기운, 몸에 찰싹 달라붙은 수의, 비좁은 관, 칠흑 같은 어둠, 보이지는 않지만 손에 만져지는 벌레들, 여기에 머리 위의 공기와 풀밭에 대한 생각, 우리의 운명을 알기만 하면 우리를 구하려고 달려올 친구들에 대한 기억, 친구들은 우리의 이런 운명을 절대 알 수 없으며 따라서 우리의 가망 없는 운명은 죽은 자의 운명과 다를 바 없다는 의식이 더해지면서, 아무리 대담한 상상력도 아연실색할 만큼 참혹한 고통이 아직도 뛰고 있는 우리의 심장을 할퀴어댄다. 우리가 알기로 지구상에서 그처럼 끔찍한 고통은 없다. 지옥 중의 지옥에서 겪는 고통도 그처럼 끔찍한 고통에 비하면 그 정도가 절반밖에 되지 않을 것이다. 따라서 이 주제를 다룬 이야기들은 흥미로울 수밖에 없다. 하지만 흥미는 주제 자체의 신성한 외경을 통해 나오는 법이며, 따라서 이야기의 진실성에 대한 독자의 확신을 끌어내지 못한다면 흥미 또한 유발할 수 없다. 내가 지금부터 하려는 이야기는 바로 나의 경험담이다.

몇 년 동안 나는 의사들이 달리 적당한 용어가 없어 '강직증'이라는 명칭을 갖다 붙인 이상한 질환을 앓아왔다. 소인素因이 바로 나타날 수도 있고 잠복해 있을 수도 있으며 진단법도 아직은 주먹구구식이지만, 병의 특성만큼은 확연히 눈에 띈다. 편차가 심하다는 점이 이 병의 특징인 것 같다. 환자가 일종의 혼수상태에 빠지는 기간은 단 하루거나 심지어 몇 시간에 불과할 때도 더러 있다. 이때는 의식도 없고 미동도 없다. 하지만 심장 박동은 희미하긴 해도 여전히 감지된다. 체온도 어느 정도 남아 있다. 뺨에도 홍조가 약간 남아 있다. 하지만 입술을 볼 것 같으면 평소와 달리 폐가 굼뜨게 활동하고 있다는 것을 알 수 있다. 그러고 나면 이러한 가사 상태가 몇 주, 심지어 몇 달 넘게 지속되기도 한다. 의사들이 다각도로 열심히 연구하고 있긴 하지만, 강직증 상태와 우리가 흔히 죽음이라고 생각하는 상태의 차이를 구분하는 기준은 아직까지 나와 있지 않다. 이 병은 환자의 친구들이 그가 전에도 혼수상태에 빠진 적이 있다는 사실을 알지 못하면, 그리하여 부패의 징후가 전혀 없는데도 이를 대수롭지 않게 흘려버리면 때 이른 매장으로 이어지는 경우가 비일비재하다. 다행히 병의 진행 속도는 느린 편이다. 증상은 처음부터 눈길을 끌기에 충분하다. 이러한 발작 증세는 갈수록 심해지면서 그 기간도 길어진다. 물론 이런 경우에는 때 이른 매장의 염려가 없다. 하지만 최초의 발작이 아주 심하게 나타나는 경우도 있다. 더러 그런 환자가 목격되기도 하는데, 거의가 산 채로 무덤으로 직행하는 운명을 피하지 못한다.

나의 증상도 의학 서적에 언급되어 있는 이런 특징들과 별반 다르지 않았다. 어떤 때는 뚜렷한 이유도 없이 서서히 반 기절 상태에 빠졌다. 그럴 때면 아무 고통도 느끼지 못했을 뿐만 아니라 손가락 하나 까딱하지 못했고, 정확히 말하거나 생각하는 능력도 없어졌다. 다만 흐리멍덩한 상태로 살아 있다는 사실과 나의 침대 곁에 모여든

사람들의 존재를 겨우 의식할 뿐이었다. 그러다 병세가 약해지면 어느 날 갑자기 감각이 돌아왔다. 그런가 하면 증상이 순식간에 나타날 때도 있었다. 그럴 때면 기력 저하, 마비, 오한, 현기증이 한꺼번에 동반되면서 꼼짝도 하지 못했다. 그러고 나서 몇 주 동안은 모든 게 진공이고 암흑이요 정적일 뿐이었다. 한마디로 무無가 곧 우주였다. 완전한 소멸이 따로 없었다. 하지만 발작이 급작스럽게 찾아올수록 깨어나는 시간은 길어졌다. 친구도 없고 집도 없이 길고 황량한 겨울 밤 내내 거리를 배회하는 부랑자에게는 새벽이, 더디게 오는 만큼 무척이나 반갑다. 내게는 영혼의 빛이 그랬다.

하지만 혼수상태에 자주 빠져드는 증세와 상관없이 나의 건강 상태는 대체로 양호한 듯했다. 걸핏하면 수면에 들어가는 나의 특이체질 때문인지 만성 질환 때문에 몸이 이상하다는 느낌을 전혀 받을 수 없었다. 잠에서 깨어나면 감각은 곧바로 돌아오는 편이었지만 정신 기능은 그렇지 못했다. 그 때문에 잠에서 깨어나고 나서 몇 분 동안은 흐리멍덩하고 무척 당혹스러웠다. 특히 기억력은 완전한 휴지休止 상태에 있었다.

그런 가운데 육체의 고통은 없지만 정신이 겪는 고통은 무한하다는 데 생각이 미쳤다. 나의 상상력은 점점 음침한 쪽으로 발전했고, 입만 열었다 하면 '벌레, 무덤, 비석'에 대해 얘기했다. 나는 죽음의 망상에 사로잡혔고, 때 이른 매장에 대한 생각이 머릿속에서 떠나지 않았다. 나는 밤낮으로 그 무시무시한 위험에 시달렸다. 생각의 고문은 밤이 되면 더욱 기승을 부렸다. 음침한 어둠이 세상을 뒤덮으면 온갖 끔찍한 생각이 떠올라 장례 마차 위에서 들까부는 깃 장식처럼 온몸을 부르르 떨어댔다. 더이상은 깨어 있기가 힘들 만큼 눈꺼풀이 무거워도 나는 잠을 자지 않으려고 기를 썼다. 깨어나는 순간 무덤의 주인이 되어 있을지도 모른다고 생각하면 너무 두려웠기 때문이다. 그러다 마침내 잠이 들면 환영의 세계로 곧장 뛰어들었고, 무덤에 대한 생각이 거대하고 시커먼 날개를 달고 공중을 떠다녔다.

꿈속에서 나를 괴롭혔던 그 수많은 환영 가운데 유독 음울한 환상이 기억난다. 아마도 평소보다 기간도 길고 정도도 심한 혼수상태에 빠져 있을 때였지 싶다. 갑자기 싸늘한 손이 이마에 닿더니 떨리는 목소리가 내 귀에 대고 다급하게 속삭였다. "일어나라!"

나는 일어나 앉았다. 주위는 온통 어둠뿐이었다. 나를 깨운 인물을 볼 수가 없었다. 혼수상태에 빠져 있던 기간도, 내가 누워 있던 장소도 생각나지 않았다. 나는 미동도 하지 않은 채 기억을 떠올리려고 애썼다. 그러자 그 차가운 손이 내 손목을 낚아채고 거칠게 흔들어댄다 싶더니 떨리는 목소리가 다시 말했다.

"일어나란 말이다! 내 너에게 일어나라고 말하지 않았더냐?"

"그러는 댁은 뉘신지?" 내가 물었다.

목소리가 애처롭게 대답했다.

"내가 사는 곳에서는 이름이 없다. 나는 한때 인간이었으나 악마는 아니

다. 나는 한때 무자비했으나 지금은 측은지심이 많아졌다. 내가 떨고 있다는 것을 그대도 느낄 텐데. 말할 때마다 이가 부딪쳐 달그락거리는 소리가 나지 않느냐. 하지만 밤의, 끝없는 밤의 냉기 때문에 떠는 것이 아니다. 그러나 이 끔찍함은 참을 수가 없구나. 그대는 어쩌면 그리도 곤하게 잘 수 있는가? 나는 이 끔찍한 고뇌의 절규 때문에 한시도 편히 쉴 수가 없는데. 너무나 끔찍해 도무지 두고 볼 수가 없는 광경인데. 나와 함께 저 바깥의 밤으로 나가자, 내 그대에게 무덤을 보여줄 테니. 끔찍한 광경이지 않은가? 똑똑히 보거라!"

나는 보았다. 눈에는 보이지 않지만 여전히 내 손목을 붙잡고 있는 그 인물은 인류의 무덤을 모조리 열어젖혔다. 무덤을 열 때마다 안에서 부패할 때 발생하는 인 성분이 희미하게 새어나왔다. 그래서 그 빛 덕분에 제일 안쪽까지도 볼 수 있었다. 수의 차림의 시신들이 벌레 틈에서 슬프고도 고독한 잠에 빠져 있는 모습이 들어왔다. 그런데 아뿔싸! 실제로 잠을 자는 사람은 잠을 자지 않는 사람보다 숫자가 몇백만 명이나 더 적었다. 쉬지도 못하고 슬픈 표정으로 희미하게 몸부림치는 사람들. 그리고 끝없이 깊은 저 심연에서 수의가 바스락거리면서 내는 구슬픈 소리가 들려왔다. 평온하게 잠든 것처럼 보이는 사람들도 대부분 묻힐 당시의 불편한 자세를 크게든 적게든 바꾼 상태였다. 목소리가 다시 말했다.

"보라! 측은한 광경이지 않느냐?"

하지만 목소리의 주인공은 내가 뭐라고 채 대답하기도 전에 그때까지 붙잡고 있던 내 손목을 놓았다. 그와 동시에 인을 함유한 빛이 사라지면서 갑자기 무덤들이 닫혔다. 그리고 무덤들 너머에서 절규하는 소리가 들려왔다.

"아, 이 얼마나 가련한 광경인지!"

주로 밤에만 나타나던 이런 환영은 깨어 있는 시간에까지 영향을 미치기 시작했다. 신경이 쇠약해지면서 나는 한시도 공포에서 놓여날 수 없었다. 결국 말을 타는 것도, 걷는 것도, 그 외 집 밖으로 나가야 하는 그 어떤 활동도 꺼리게 되었다. 사실 더이상은 나 자신을 믿을 수 없었다. 내가 강직증을 앓고 있다는 사실을 아는 사람들 앞에서만 발작을 일으키리라는 보장이 없었다. 아무 데서나 발작을 일으킬 경우 나의 실제 상태를 모르는 사람들 손에 매장당할 수도 있었다. 내 절친한 친구들의 보살핌과 인내심도 미덥지 못했다. 평소보다 혼수상태가 길어질 경우 나를 회복 불능이라고 여기게 될까봐 두려웠다. 심지어 내가 너무 성가신 나머지 발작이 길어지면 이를 나를 완전히 없애버릴 구실로 여기며 기뻐할지도 모른다는 생각마저 들었다. 친구들은 철석같은 약속으로 나를 안심시키려고 애썼지만 헛수고였다. 나는 친구들에게 어떤 상황에서든 더이상 놔두는 것이 불가능할 정도로 부패가 진행되기 전에는 나를 매장하지 않겠다고 신 앞에 맹세하라고 요구했다. 그러고 나서도 죽음에 대한 공포는 이성의 소리를 들으려 하지 않았다. 어떤 위로도 받아들이려 하지 않았다.

나는 일련의 예방 조치에 들어갔다. 우선 가족 납골당을 개조해 안에서도 쉽게 문을 열 수 있도록, 즉 무덤 안으로 연결되는 기다란 지레를 살짝 누르기만 해도 철문이 퉁겨지도록 했다. 아울러 공기와 빛이 충분히 통하도록 조치를 취했고, 내가 들어갈 관 주변에도 음식과 물을 보관하는 곳을 마련했다. 관은 푹신한 천을 덧댔고, 뚜껑에도 입구의 철문처럼 시신이 조금만 움직여도 쉽게 열리도록 스프링을 부착했다. 이뿐만 아니라 무덤 지붕에 커다란 종도 매달았다. 그리고 종을 매단 밧줄은 관에 뚫은 구멍을 통해 시신의 손에 고정할 수 있도록 했다. 그러나 아아! 아무리 조심하고 조심한들 인간의 운명을 어찌 거스를 수 있겠는가? 이처럼 꼼꼼하게 마련한 대비책도 생매장의 극심한 공포에 시달리도록 운명지어진 인간을 구하지는 못했다!

전에도 종종 찾아왔던 주기가 다시 찾아왔다. 완전한 무의식에서 돌아오자 맨 처음으로 살아 있다는 느낌이 미미하게 겨우 들었다. 그러고 나서 거북이처럼 서서히 정신의 어스름한 새벽이 다가왔다. 한동안 나는 희미한 불안에 떨면서 멍청하게 있었다. 그 어떤 조바심도, 희망도, 노력도 없이. 그렇게 한참이 지나고 나서 이명耳鳴. 그리고 한참 더 지나고 나서 온몸이 욱신욱신 쑤시는 느낌. 그리고 나서 영원처럼 느껴지는 기분 좋은 정적. 감각들이 깨어나려고 발버둥치고 있다는 생각. 그러고 나서 잠시 무無 속으로 다시 까무룩 가라앉는 느낌. 그러고 나서 갑자기 찾아온 회복. 마침내

MORS OMNIA SOLVIT

눈꺼풀이 희미하게 떨린다. 바로 그 순간 어렴풋한 공포의 충격이 관자놀이에서 심장으로 마구 피를 흘려보낸다. 이제 처음으로 생각하려고 애쓴다. 이제 처음으로 기억하려고 애쓴다. 노력이 미미하게나마 효과가 있다. 이제 나의 상태를 어느 정도 의식할 수 있을 만큼 기억이 주권을 회복했다. 나는 내가 강직증을 앓고 있다는 사실을 기억해낸다. 그리고 마침내 오싹한 위험이, 괴기스런 생각이 바다가 밀려오듯 나의 떨리는 정신을 압도한다.

이러한 공상에 사로잡히고 나서 몇 분 동안 나는 꼼짝도 하지 않았다. 왜냐고? 움직일 용기를 불러낼 수가 없었으니까. 내 운명을 받아들이기가 너무 두려웠다. 하지만 내 마음의 뭔가가 틀림없다고 소곤거렸다. 절망이, 그 어떤 고통 중에서도 가장 고통스러운 절망이 오랜 망설임 끝에 내 무거운 눈꺼풀을 들어올리라고 재촉했다. 나는 눈꺼풀을 들어올렸다. 어두웠다, 온통 어두웠다. 나는 발작이 끝났다는 것을 알 수 있었다. 위험한 고비는 오래전에 지나갔다. 이제 시력이 완전히 돌아와 있었다. 하지만 어두웠다, 사방이 온통 어두웠다. 빛 한 줄기 없이 영원히 이어지는 시커먼 밤의 어둠만 있을 뿐이었다.

나는 고함을 지르려고 애썼다. 입술과 바싹 마른 혀가 사력을 다해 함께 움직이려고 몸부림쳤지만 나의 폐부에서는 아무 소리도 나오지 않는다. 불쑥 튀어나온 산의 무게에 짓눌리기라도 한 듯 폐는 숨을 들이마시려고 애

쓰면서 심장과 함께 헐떡거릴 뿐이었다.

턱도 마치 죽은 사람의 턱처럼 다물린 채 움직이질 않았다. 그리고 딱딱한 물질 위에 누워 있다는 느낌이 들었다. 그 물질이 양쪽에서도 세게 옥죄고 있는 듯한 느낌이 들었다. 지금까지는 감히 사지를 움직일 엄두를 내지 못했다. 이제야 비로소 나는 십자로 가지런히 모으고 있던 두 팔을 마침내 치켜들었다. 단단한 목재 같은 게 팔에 부딪혔다. 목재는 내 얼굴 위로 6인치도 채 안 되는 높이에서 머리끝부터 발끝까지 나를 내리누르고 있었다. 결국 내가 관 속에 있다는 데에는 더이상 의심의 여지가 없었다.

끝없는 비탄의 와중에 희망이라는 천사가 사뿐히 찾아왔다. 내가 마련해둔 대비책이 생각났기 때문이다. 나는 몸을 이리저리 뒤척이며 관 뚜껑을 열려고 무진 애를 썼다. 뚜껑은 꿈쩍도 하지 않았다. 그러고 나서 종과 연결된 줄을 찾으려고 손목을 더듬었지만 아무것도 만져지지 않았다. 이제 위안은 영원히 줄행랑을 쳤고, 훨씬 더 가혹해진 절망이 다시 승리를 차지했다. 내가 그토록 주의를 기울여 준비했던 덧천도 만져지지 않았기 때문이다. 게다가 축축한 흙 특유의 냄새가 갑자기 코를 찔렀다. 결론은 불을 보듯 뻔했다. 나는 가족 납골당에 있지 않았다. 집에서 나가 있는 동안 혼수상태에 빠졌던 것이다. 언제 그랬는지, 어쩌다 그랬는지는 기억할 수 없었지만 낯선 사람들 틈에서 기절했다가 개처럼 매장당했던 것이다. 내가 기절하자 나의 사정을 알지 못하는 사람들이 나를 보통 관에 넣어 못질을

하고 이름 없는 평범한 무덤에 나를 영원히 밀어 넣었던 것이다.

이런 끔찍한 확신이 내 영혼의 가장 깊숙한 방까지 밀고 들어왔고, 나는 다시 한번 고함을 지르려고 안간힘을 썼다. 이 두번째 시도에서 나는 마침내 성공했다. 길고 사나운 고통의 비명 또는 고함이 지하 세계의 밤의 영역 전체에 끊이지 않고 울려 퍼졌다.

"이봐! 이봐, 거기!" 잔뜩 쉰 목소리가 대답했다.

"별일도 다 있군!" 두번째 목소리가 말했다.

"당장 들어내세!" 세번째 목소리가 말했다.

"아무것도 아닌 일로 다들 웬 호들갑인가?" 네번째 목소리가 말했다.

바로 그 순간 꽤 거칠어 보이는 사람들이 몇 분 동안 나를 붙잡고 사정없이 흔들어댔다. 내가 잠에서 깬 것은 그 사람들 때문이 아니었다. 고함을 지를 때 나는 이미 완전히 깨어 있었다. 하지만 그 사람들 덕분에 나는 기억을 완전히 되찾을 수 있었다.

이 사건은 버지니아 주 리치먼드 근처에서 일어났다. 나는 친구와 함께 제임스 강 기슭 근처에서 사냥을 하고 있었다. 밤이 다가올 무렵 우리는 폭풍우에 갇혔다. 부식토를 가득 싣고 강에 정박해 있던 조그만 외돛배의 선실이 우리의 유일한 피난처였다. 우리는 배 위에서 밤을 지새웠다. 나는 외돛배의 두 개밖에 없는 침상 한 곳에서 잠을 잤다. 6, 70톤급밖에 되지 않는 소형 범선의 선실이 어떨지는 굳이 설명하지 않아도 될 것 같다. 내가

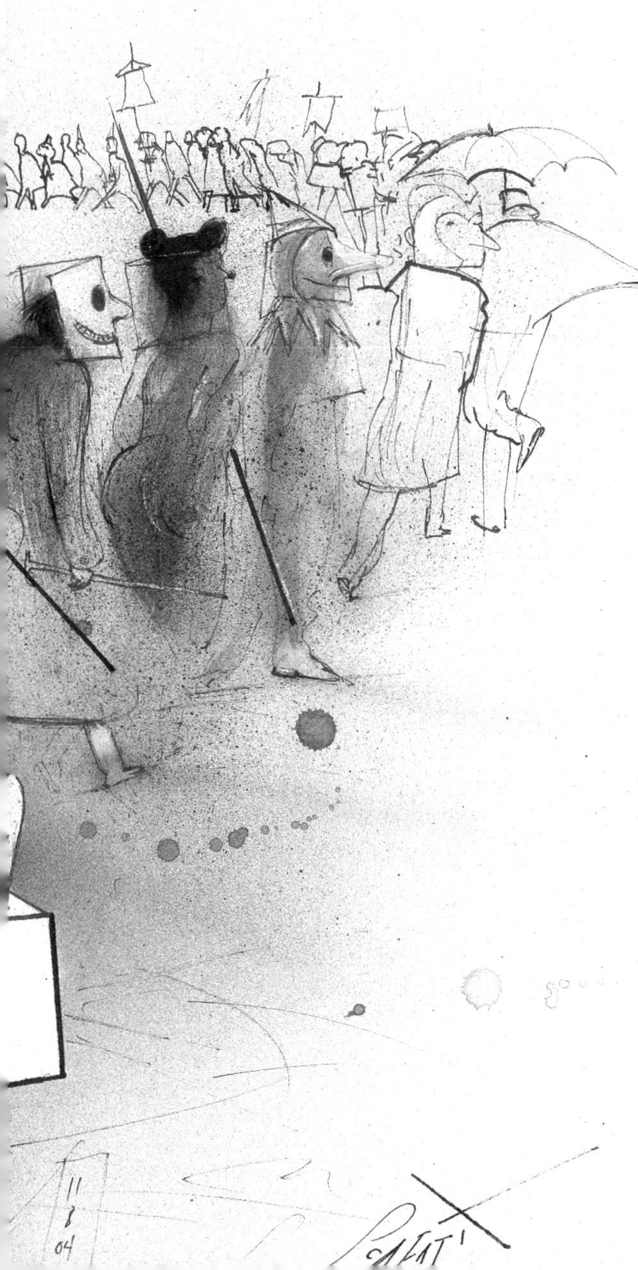

차지하고 누운 침상에는 침구가 하나도 없었다. 폭도 기껏해야 45센티미터 정도밖에 되지 않았다. 침상에서 천장까지의 거리도 그 정도였다. 한마디로 공간이 너무 비좁아 몸을 누이기조차 힘들었다. 그럼에도 나는 곤히 잠들었다. 꿈을 꾸지도 않았고 가위에 눌리지도 않았다. 따라서 내가 본 그 모든 환상은 내가 처한 상황, 나의 비뚤어진 생각, 앞에서도 여러 번 언급했듯이 잠에서 깨어나고 나서 한참 동안은 감각, 특히 기억력을 회복하지 못하는 나의 문제에서 비롯되었다. 나를 흔들어 깨운 사람들은 배의 승무원들이었고, 인부 몇몇이 짐을 부리고 있었다. 짐에서 흙냄새가 났다. 턱에 감긴 붕대는 나이트캡이 없어 임시방편으로 머리에 동여맨 비단 손수건이었다.

하지만 그 당시 내가 겪은 고문은 실제 매장의 고문과 다를 바 없었다. 그 고문은 너무도 끔찍하고 상상할 수 없을 만큼 무시무시했다. 하지만 악에서 선이 걸어나왔다. 바로 그 극도의 공포가 나의 정신을 완전히 바꾸어놓았기 때문이다. 나의 영혼은 평정을 되찾았다. 나는 집 밖으로 나갔다. 힘차게 몸을 움직이면서 천국의 자유로운 공기를 들이마셨다. 죽음 이외의 다른 주제를 떠올렸고, 의학 서적을 내다버렸다. 버컨의 책들을 불태웠다. 『탄식: 삶과 죽음과 영생에 대한 야상시』*처럼 공동 묘지와 유령에 관한 난잡하고 근거 없는 이야기는 읽지 않았다. 간단히 말해 나는 완전히 새로운 사람이 되었고, 사람 사는 것처럼 살았다. 영원히 기억에 남을 그날 밤 이후 나는 나의 으스스한 불안을 모두 떨쳐버렸고, 무덤의 불안과 함께 강직증도 사라졌다.

이성의 말짱한 눈에도 슬픈 인간의 세상이 지옥처럼 보일 때가 더러 있다. 하지만 인간의 상상력은 지옥의 동굴 구석구석을 무사히 탐험할 수 있는 불나방이 아니다. 아무리 인정하고 싶지 않아도 무덤의 공포를 순전히 공상으로만 치부할 수는 없다. 하지만 그 공포는 악령에 사로잡혀 옥수스 강 유역을 떠돌던 아프라시아브**처럼 잠들어야 한다. 그렇지 않으면 우리

---

* 영국의 시인이자 극작가, 문학 비평가인 에드워드 영(1683~1765)이 쓴 1만 행에 달하는 무운시(無韻詩). 인생의 덧없음과 죽음의 고통, 영혼 불멸 등에 관한 명상을 노래한 이 시는 이른바 묘지파의 등장에 밑거름이 되었다.

** 고대 중앙아시아 설화에 등장하는 왕이자 영웅이면서 이란의 원수. 이란 신화에서 아프라시아브는 고대 중앙아시아 왕을 통틀어 가장 걸출한 왕이자 불굴의 전사, 탁월한 장군이자 흑마술로 이란 종족을 근절하려고 했던 조로아스터교의 악신 아리만의 대리인이다. '사악한 인간'이라는 별칭이 붙

가 그 소름끼치는 공포에 잡아먹히고 만다. 그 공포를 잠재우지 못하면 우리가 소멸하고 만다.

었던 그는 금속으로 만든 지하 세계의 요새에서 살았다. 그는 외손자인 이란의 왕 카이 코스로가 이끄는 군대에 쫓기다 아제르바이잔의 어느 산꼭대기 동굴에서 죽음을 맞았다.

1809   미국 보스턴에서 출생. 아버지 데이비드 포는 법률을 공부하다가 19세 때 유랑극단의 배우가 되었고, 어머니 엘리자베스 역시 유랑극단의 배우였다.

1811   어머니가 병으로 사망하자(아버지는 이미 그 전에 가족을 버리고 떠났다) 리치먼드의 담배사업가 존 앨런 집안에 입양되었다.

1826   버지니아 대학에 입학. 양부가 송금을 잘 해주지 않자, 학자금 마련을 위해 도박에 손을 댔는데 재학 1년도 채 못 되어 엄청난 도박빚을 떠안게 되었다. 그로 인해 학교를 그만두게 되고 양부와 심한 불화를 겪는다.

1827   첫 시집『티무르』출간. 생계에 어려움을 겪게 되자 육군에 지원 입대했다.

1829   하사관에 임관되었다. 2월 양모 프란시스 앨런이 사망했는데, 이를 계기로 양부와 일시적으로 화해를 하여 군 제대. 5월 초 웨스트포인트 사관학교에 입학하기 위해 워싱턴으로 갔다.

1830   웨스트포인트 육군사관학교 입학.

1831   2월 군무태만과 명령위반의 죄명으로 사관학교에서 퇴교 처분을 받으나 처분 발효일 전에 스스로 학교를 뛰쳐나왔다. 4월『포 시집』을 출간.

1832   〈새터데이 비지터〉지의 현상공모에 단편「병 속의 수기」가 당선되었다.

1834   양부 존 앨런 사망. 포에게는 아무런 유산도 남기지 않았다.

1835   〈서던 리터러리 메신저〉지에「베레니체」「모렐라」등 네 편의 단편 발표.

1836   사촌 누이 버지니아 클렘과 결혼. 당시 버지니아의 나이는 열네 살이었다.

1838   장편『아서 고든 핌 이야기』출간.

1839   〈젠틀멘스 매거진〉의 부편집장 역임. 같은 해 「어셔 가의 몰락」 「윌리엄 윌슨」을
        발표하고, 단편 스물다섯 편을 묶은 『그로테스크하고 아라베스크한 이야기』 출간.

1841   〈그레이엄스 매거진〉의 주필로 활동. 포의 대표작인 「모르그 가의 살인사건」을
        비롯해 「큰 소용돌이에 휘말리다」 「붉은 죽음의 가면」 등이 이 잡지에 실렸다.

1842   아내 버지니아의 병세가 악화되자 포의 음주벽은 심해졌고, 5월 〈그레이엄스 매
        거진〉을 그만두었다. 단편 「나락과 진자」 발표.

1843   필라델피아 지역 신문 현상공모에 「황금 곤충」이 당선되었고, 같은 해 「검은 고양
        이」 발표.

1845   〈이브닝 미러〉 지에 발표한 시 「갈가마귀」로 시인으로서의 명성을 얻어 그 이름
        이 유럽에까지 알려졌다. 7월 「황금 곤충」 「검은 고양이」 등 대표작 열두 편을 묶
        은 단편집 출간.

1847   아내 버지니아가 결핵으로 사망. 포 역시 건강이 악화되었고, 심한 우울증에 시달
        렸다.

1849   볼티모어의 거리에서 술에 취해 의식불명 상태로 쓰러져 있는 것이 발견되어 워
        싱턴 대학병원으로 옮겨졌으나, 의식을 다시 회복하지 못하고 10월 7일 40세의
        나이로 사망했다.

괴벽이 부른 재앙이 「검은 고양이」의 주제라면, 나머지 두 단편 「나락과 진자」와 「때 이른 매장」의 주제는 죽음, 그 중에서도 특히 예고 없이 불쑥 찾아오는 죽음에 대한 공포다.

잘 알다시피 에드거 앨런 포(1809~1849)는 미국 낭만주의 문학의 선두 주자로 오늘날 괴기 소설, 범죄 소설, 추리 소설로 분류되는 장르를 개척한 작가다. 그는 또한 헨리 워즈워스 롱펠로와 공개 논쟁을 벌일 정도로 비평가로서도 탁월한 역량을 발휘했다. 그는 평생 음주벽과 궁핍 속에서 불안하게 살았지만 여기 소개하는 세 편의 단편을 비롯해 단편소설, 시, 수필 등 현대 문학사에 굵직하게 자리매김한 작품을 많이 남겼다.

작가의 작품은 그의 삶과 떼려야 뗄 수 없는 관계를 맺고 있다. 포 역시 마찬가지다. 어쩌면 그는 태어나기 전부터 분리 또는 죽음에 대한 공포를 맛보았다고 할 수 있다. 아버지는 그가 태어나기 전에 가출했고, 어머니는 그가 세 살 때 세상을 떴다. 아내 또한 스물넷의 젊은 나이에 폐결핵으로 그의 곁을 떠나고 만다. 엎친 데 덮친 격으로 선천성 불안에 후천성 불안이 겹친 셈이라고 할까. 만약 그가 오늘날의 정신과 의사를 찾아간다면 아마도 '분리 불안 장애'를 진단받지 않을까 싶다. 어쨌든 그는 불안한 나날 속에서 술로 마음을 달래며 점점 음주벽에 빠져든다. 「검은 고양이」에서 음주벽 때문에 그토록 아끼던 고양이를 죽이고 망상에 사로잡혀 결국 아내까지 도끼로 내리찍고 파멸에 이르는 주인공은 어쩌면 작가 자신의 반영인지도 모른다. 하지만 그를 괴롭혔던 음울한 불안은 그에게 괴기 소설의 대표주자라는 영예(?)를 안겨주었다.

「검은 고양이」를 관통하는 기괴한 분위기는 독자에게 까닭 모를 불안을 야기하면서도 어쩔 수 없이 몰락으로 치닫는 주인공에게 연민을 불러일으키게 한다. 특히 결말 부분의 "나를 교수형 집행인에게 넘긴 불길한 짐승이 시뻘건 아가리를 있는 대로 벌리고 이글거리는 외눈을 치켜뜬 채 앉아 있었다"는 대목은 마치 아무리 발버둥 쳐도 벗어날 수 없는 운명을 암시하기라도 하듯 생생한 색채감과 더불어 독자의 뇌리에 깊은 인상을 새긴다.

「검은 고양이」가 괴기스러우면서 어딘지 몽환적인 분위기를 풍긴다면 「나락과 진자」와 「때 이른 매장」에서는 불시에 찾아오는 죽음에 대한 공포가 역시 불안의 그림자를 드리우긴 하지만 나름대로 근거를 지니면서 좀더 객관성을 띤다. 「나락과 진자」에서 공포의 원인이 종교 재판소의 고문이라면 「때 이른 매장」에서는 '강직증'이라는 질병이 공포의 원인이다. 이 두 단편에서 포는 뻔한 이야기를 마치 실제로 전개되는 사건처럼 박진감 넘치게 풀어 나간다. 결론 또한 「검은 고양이」와 달리 해피엔딩이다. 마치 고질병처럼 따라다니던 불안에서 놓여나 스스로 운명의 주인이 되길 바라는 작가의 마음이 묻어나는 듯하다.

옛날 로마 속담에 '책에는 각기 운명이 있고, 때로 작가의 운명은 그가 쓴 책의 운명을 따르기도 한다'는 말이 있다. 에드거 앨런 포는 1849년 10월 7일 볼티모어의 거리에서 의식불명 상태로 발견되어 인근 병원으로 옮겨졌다가 그날 아침 일찍 40세의 이른 나이에 갑자기 생을 마감했다. 사인은 지나친 음주로 알려졌지만 정확하지 않다. 불시에 찾아오는 죽음에 대한 공포가 현실화된 셈이다.

2009년 2월

강미경

옮긴이 **강미경**

이화여자대학교 사범대학 영어교육학과를 졸업했다. 전문 번역가로 활동중이며, 교양서를 비롯해 영어권의 다양한 양서를 우리말로 옮겼다. 옮긴 책으로 『지킬 박사와 하이드 씨』 『유혹의 기술』 『내가 만난 희귀동물』 『장군의 경영학』 『허기진 두뇌를 위한 지식의 통조림』 『심심한 두뇌를 위한 불량지식의 창고』 『몽상과 매혹의 고고학』 『서른 살의 레시피』 등이 있다.

문학동네 세계문학
검은 고양이

1판 1쇄 2009년 3월 6일
2판 9쇄 2024년 4월 19일

지은이 에드거 앨런 포 | 그린이 루이스 스카파티 | 옮긴이 강미경
책임편집 이은현 오동규 | 저작권 박지영 형소진 최은진 서연주 오서영
마케팅 정민호 서지화 한민아 이민경 안남영 왕지경 정경주 김수인 김혜원 김하연 김예진
브랜딩 함유지 함근아 고보미 박민재 김희숙 박다솔 조다현 정승민 배진성
제작 강신은 김동욱 이순호 | 제작처 영신사

펴낸곳 (주)문학동네 | 펴낸이 김소영
출판등록 1993년 10월 22일 제2003-000045호
주소 10881 경기도 파주시 회동길 210
전자우편 editor@munhak.com | 대표전화 031) 955-8888 | 팩스 031) 955-8855
문의전화 031) 955-1927(마케팅) 031) 955-1917(편집)
문학동네카페 http://cafe.naver.com/mhdn
인스타그램 @munhakdongne | 트위터 @munhakdongne
북클럽문학동네 http://bookclubmunhak.com

ISBN 978-89-546-0791-9 03840

잘못된 책은 구입하신 서점에서 교환해드립니다.
기타 교환 문의 031) 955-2661, 3580

www.munhak.com

변신

프란츠 카프카 소설 | 루이스 스카파티 그림 | 이재황 옮김

현대문학의 신화가 된 카프카의 불멸의 단편! 모든 것이 불확실하고 출구를 찾을 수 없는 현대인의 삶 속에서 인간에게 주어진 불안한 의식과 구원에의 꿈 등을 명료한 언어로 아름답게 형상화했다.

파우스트

요한 볼프강 폰 괴테 지음 | 외젠 들라크루아, 막스 베크만 그림 | 이인웅 옮김

괴테가 육십여 년에 걸쳐 쓴 필생의 대작이자 독일문학 최고의 걸작으로 일컬어지는 영원불멸의 고전. 지식과 학문에 절망한 노학자 파우스트 박사의 미망(迷妄)과 구원의 장구한 노정.

지킬 박사와 하이드 씨

로버트 루이스 스티븐슨 소설 | 마우로 카시올리 그림 | 강미경 옮김

『보물섬』의 작가 로버트 루이스 스티븐슨이 인간의 마음속에 공존하는 선과 악의 대립에 대해 심오한 질문을 던진다. 명망 높은 과학자 헨리 지킬 박사와 흉악범 에드워드 하이드, 두 사람의 미스터리한 이야기.

필경사 바틀비

허먼 멜빌 소설 | 하비에르 사발라 그림 | 공진호 옮김

"안 하는 편을 택하겠습니다." 삭막한 월 스트리트에서 안락하게 살아온 한 변호사 앞에 기이한 필경사 바틀비가 등장하고, 이 필경사가 던진 한마디가 월 스트리트의 철벽에 균열을 일으키기 시작하는데…… 세계문학사 최고의 단편.

외투

니콜라이 고골 소설 | 노에미 비야무사 그림 | 이항재 옮김

보잘것없는 9급 문관 아카키 아카키예비치의 인생에 어느 날 새로운 외투가 나타난다. 하지만 새 외투를 처음 입은 날, 그는 강도를 만나 외투를 빼앗기고 마는데…… 비판적 리얼리즘의 대가 고골이 그린 러시아 문학의 정수!

바베트의 만찬

이자크 디네센 소설 | 노에미 비야무사 그림 | 추미옥 옮김

노르웨이 작은 마을의 노자매 앞에 어느 날 신비로운 여인 바베트가 나타난다. 프랑스 제일의 요리사 바베트는 자매를 위해 특별한 만찬을 차려내는데…… 20세기 최고의 이야기꾼 이자크 디네센의 대표 단편.

밤: 악몽

기 드 모파상 소설 | 토뇨 베나비데스 그림 | 송의경 옮김

19세기 세계문학사에서 3대 단편작가로 꼽히는 모파상. 그가 그려내는 어둠에 대한 동경과 공포. 파리 시가지의 밤 풍경, 현실과 비현실을 넘나드는 주인공의 의식을 통해 환상적이고 광기어린 분위기를 담아냈다.

장화 신은 고양이

샤를 페로 소설 | 하비에르 사발라 그림 | 송의경 옮김

프랑스 아동문학의 아버지 샤를 페로의 고양이 이야기. 가난한 방앗간 주인의 막내 아들은 유산으로 달랑 고양이 한 마리를 받고, 고양이는 천연덕스럽게 장화를 신고 자루를 목에 걸고는 사냥을 나서는데……

개를 데리고 다니는 여인

안톤 체호프 소설 | 하비에르 사발라 그림 | 이현우 옮김

"제대로 살아보고 싶었어요!" 남에게 보여주기 위한 삶, 자신에게도 솔직하지 못한 삶, 그 안에 숨은 열정, 그리고 시작되는 사랑…… 로쟈 이현우의 러시아어 원전 번역으로 만나는 체호프 단편소설의 정점.

아담과 이브의 일기

마크 트웨인 소설 | 프란시스코 멜렌데스 그림 | 김송현정 옮김

미국문학의 아버지 마크 트웨인이 그려낸 인류 최초의 러브스토리. '이 세상'에 도착한 최초의 여행자 아담과 이브. 게으르고 저속하며 아둔한 '그'와, 쉴새없이 재잘대고 엉뚱한 짓을 저지르는 '그녀'가 새로운 '우리'로 거듭나기까지.

1984

조지 오웰 장편소설 | 루이스 스카파티 그림 | 김기혁 옮김

첨단기술을 만난 독재의 화신, 모든 것을 보고 듣고 통제하는 빅 브라더. 그리고 인간 정신을 지키기 위해 분투하는 '지구 최후의 남자' 윈스턴…… 조지 오웰의 작가적 목소리가 오롯이 담긴 최후의 걸작 『1984』가 세계적인 화가 루이스 스카파티의 시선을 사로잡는 삽화로 더욱 강렬하게 다가온다.